清 馨 民 国 风

清馨民国风

新教育

梁启超

胡适等 著

王丽华 编

首都经济贸易大学出版社
Capital University of Economics and Business Press

图书在版编目（CIP）数据

新教育/梁启超,胡适等著;王丽华编. —北京:首都经济贸易
大学出版社,2016.9

（清馨民国风）

ISBN 978 - 7 - 5638 - 2528 - 8

Ⅰ.①新… Ⅱ.①梁… ②胡… ③王… Ⅲ.①散文集—中
国—现代 Ⅳ.①I266

中国版本图书馆 CIP 数据核字（2016）第 163608 号

新教育

梁启超 胡适 等著 王丽华 编

Xin Jiaoyu

责任编辑	卢 翎	
封面设计	张弥迪	
出版发行	首都经济贸易大学出版社	
地 址	北京市朝阳区红庙（邮编100026）	
电 话	（010）65976483 65065761 65071505（传真）	
网 址	http://www.sjmcb.com	
E - mail	publish@cueb.edu.cn	
经 销	全国新华书店	
照 排	首都经济贸易大学出版社激光照排服务部	
印 刷	北京市泰锐印刷有限责任公司	
开 本	880 毫米×1230 毫米 1/32	
字 数	217 千字	
印 张	8.5	
版 次	2016 年 9 月第 1 版 2016 年 9 月第 1 次印刷	
书 号	ISBN 978 - 7 - 5638 - 2528 - 8/I·50	
定 价	26.00 元	

前　言

这本书中的几十篇文字，都曾刊载于民国时期的出版物。其中一些篇目，近二三十年中曾经从繁体字变为简体字，或多或少为今人所知；但更多的篇目，似乎一直以繁体字竖排的形式，掩隐在岁月的尘埃中，直到我们发现或找到它们，再把它们转换为简体字，以现在这套"清馨民国风"丛书为载体，呈献给当今的读者。

收入这套"清馨民国风"丛书的数百篇民国时期的文字，堪称历史影像，也可以说是情景回放。它们栩栩如生、有血有肉，是近200位民国学人的集中亮相，也是他们经历、思考与感悟的原味展示——围绕读书与修养、成长与见闻、做人与做事、生活与情趣，娓娓道来。透过这些文字，我们既可以领略众多民国学人迥然不同的个性风采，更可以感知那个时代教育、思想与文化生态的原貌。

策划、编选这样一套以民国原始素材为主体内容的丛书，耗费了我们大量的时间、精力和心血。而今本套丛书即将分批陆续付梓，我们欣喜地发现，她已经有型、有范儿、有味道了。

需要特别说明的是,根据著作权法的规定,本书收选的作品,有一部分仍处于版权保护期。由于原作品出版年代久远,且难以查找作者及其亲属的相关信息和联系方式,我们未能事先一一征得权利人同意。敬请这些作者亲属见书后及时与我社联系,以便我社寄奉稿酬、寄赠样书。

目 录

梁启超（1873—1929），字卓如，号任公、饮冰室主人。广东新会人。20世纪初中国新旧交替时代著名政治活动家、启蒙思想家、教育家、史学家和文学家，戊戌变法领袖之一，民国初年清华大学国学院四大导师之一。梁启超学术研究涉猎广泛，在哲学、文学、史学、经学、法学、伦理学、宗教学等领域均有建树，以史学研究成就最大，被公认为中国近代史上百科全书式的人物；其著作后被合编为《饮冰室合集》。

论教育当定宗旨

梁启超

人之所异于群物者安在乎？凡物之动力，皆无意识，人之动力，则有意识。无意识者何？不知其然而然者是也，亦谓之不能自主；有意识者何？有所为而为之者是也，亦谓之能自主。夫植物之生也，其根有胃，吸受膏液；其叶有肺，吐纳空气。其所以自荣卫者，不一端焉，虽然，不过生理上①自然之数而已。彼植物非能自知其必当如此不当如彼，而立一目的以求之也。其稍进者为动物，饥则求食，饱则游焉息焉，求而难得者则相争，其意识稍发达，略知所谓当如此不当如彼者，然必如何然后能如此，如何然后不如彼，非动物所能知也。最下等之野蛮人，其情状殆亦尔尔。要而论之，则植物之动，全恃内界

---

① 人物体质生生之理，日本人译为生理学。——原注。

自然之消息者也；动物及下等野蛮之动，则内界之消息，与外界之刺激，稍相和合者也，皆不知其然而然者也。若人，则于此二界之外，别有思想，别有能力，能自主以求达其所向之鹄。若是者，谓之宗旨。

宗旨之或有或无，或定或不定，或大或小，或强或弱，恒为其人文野之比例矣。夫野蛮人之筑室也，左投一瓦焉，右堆一石焉，今日支一木焉，明日畚一土焉，及其形粗具，曰是苟完矣，因而居之。若文明人，则必先出其意匠，画其图形，豫算其材器，未鸠工之始，而室之规模，先具于胸中矣。野蛮人之治国也，因仍习惯，不经思索，遇一新现象出，则旁皇无措，过一时算一时，了一事算一事。若文明人，则必先定国体焉，定宪法焉，或采专制之政，或采共治之政，皆立一标准，而一切举措，皆向此标准而行。若是者，所谓宗旨也，未有无宗旨而能成完全之事业者也。故夫负襏襫栉风雨于畦陇者何为乎？谋食之宗旨使然也。涸口沫糜脑力于窗下者何为乎？求学之宗旨使然也。挥黑铁流赤血于疆场者何为乎？争权利之宗旨使然也。然则无宗旨则无所用其耕，无宗旨则无所用其学，无宗旨则无所用其战，百事莫不皆然，而教育其一端也。

文明人何以有宗旨？宗旨生于希望，希望生于将来，必其人先自忖自语曰：吾将来欲如是如是。此宗旨之所由起也。曰：吾将来必如何，然后可以如是如是。此宗旨所由立也。愈文明则将来之希望愈盛。教育制度所以必起于文明之国，而野蛮半开者无之，何欤？教育者其收效纯在于将来，而现在必不可得见者也。然则他事无宗旨，犹可以苟且迁就；教育无宗旨，则寸毫不能有成。何也？宗旨者，为将来之核者也。今日不播其核，而欲他日之有根有芽，有茎有干，有叶有果，必不可期之数也。

一国之教育与一人之教育，其理相同。父兄之教子弟也，将来欲使之为士，欲使之为农为工为商，必定其所向焉，然后授之，未有欲为箕者而使之学冶，欲为矢者而使之学函也。惟国亦然。一国之有公教育也，所以养成一种特色之国民，使之结为团体，以自立竞存于优胜劣败之场也。然欲达此目的，决非可以东涂西抹，今日学一种语言，明日设一门学科，苟且敷衍，乱杂无章，而遂可以收其功也。故有志于教育之业者，先不可不认清教育二字之界说，知其为制造国民之具；次不可不具经世之炯眼，抱如伤之热肠，洞察五洲各国之趋势，熟考我国民族之特性，然后以全力鼓铸之。由前之说，则教育宗旨所由起也；由后之说，则教育宗旨所由立也。

吾国自经甲午之难，教育之论始萌蘖焉。庚子再创，一年以来，而教育之声，遂遍满于朝野上下，此实渐进文明之一征也。虽然，向彼之倡此论任此责者，果能解教育之定义乎？何所为而为之乎？果实有见于教育所得将来之结果乎？由何道以致之乎？叩其故，则曰"外国皆有教育，吾不可以独无之"云尔。至外国何以有，吾国何以无？外国何以为之而能有功，吾国何以为之而久无效？此问题非彼等所能及也。英有英之教育，法有法之教育，德有德之教育，日有日之教育，则吾国亦应有吾国之教育。此问题更非彼等所能及也。其下焉者，见朝廷锐意教育，我亦趁风潮，附炎热，思博万一之宠荣；其上焉者，亦不过撷拾外论，瞥见欧美日本学制之一斑，震惊之，艳羡之，而思仿摹之耳。审如是也，是何异鹦鹉闻人笑语，而亦学语，孩童见人饮食，而亦思食也。审如是也，则今之所谓教育论者，全属无意识之动，未尝有自主之思想，自主之能力，定其所向之鹄而求达之，与动物及下等野蛮之仅借外界刺激之力，以食焉息焉游焉争焉者，曾无以异！以是而欲成就文明人所专有之教育事业，岂可得耶！岂可得耶！

虽然吾骤责彼等以无宗旨，彼必不服。何也？彼固曰：吾将以培人才也，开民智也，若是者安得谓非宗旨？然则吾于其宗旨之果能成为宗旨与否，其宗旨之有用与否，无弊与否，其宗旨能合于今世文明国民所同向之宗旨与否，不可不置辩。夫培汉奸之才，亦何尝非人才？开奴隶之智，亦何尝非民智？以此为宗旨，谁能谓无其宗旨者耶？彼等之宗旨，虽未必若是，然五十步与百步之间，非吾所敢言也。试一翻前者创办京师同文馆、上海广方言馆之档案，观其奏折中、公牍中、章程中所陈说者何如？此犹曰在内地者。试一游日本东京中国公使馆中附立之学堂，有前使臣李经方所题一联云："斯堂培翻译根基，请自我始。尔辈受朝廷教养，先比人优。"此二语实代表吾中国数十年来之教育精神者也。舍翻译之外无学问，舍升官发财外无思想。若此者，吾亦岂能谓其非宗旨耶。以此之宗旨，生此之结果，吾国中有学堂三十余年，而不免今日之腐败。所谓种瓜得瓜，种豆得豆，丝毫不容假借者也。今之教育者，必曰：
"吾之新教育不如是。吾将教之以格致物理，吾将教之以地理历
史，吾将教之以政治理财。"若是者，谓为学科之进步也可。至
其宗旨之进步与否，非吾所敢言也。夫使一国增若干之学问知
识，随即增若干有学问有知识之汉奸奴隶，则有之不如其无也。
今试问以培人才开民智为宗旨者，其所见果有以优于李经方联
语云云者几何也？吾敢武断之曰，此等宗旨不成为宗旨。何也？
教育之意义，在养成一种特色之国民，使结团体以自立竞存于
列国之间，不徒为一人之才与智云也。深明此义者，可与语教
育焉。

吾欲为吾国民定一教育宗旨，请先胪列他国之成案，以待
吾人参考而自择焉。凡代表古代者三：曰雅典，曰斯巴达，曰
耶稣教。代表现世者三：曰英吉利，曰德意志，曰日本。

第一，雅典。雅典者，古希腊市府之国，而民政之鼻祖也。
其市民皆有参预政事之权，故其教育之宗旨，务养成可以为市
民之资格，奖励其自由之性，训练其断事之识。又雅典人所自
负者，欲全希腊文化之中心点集于其国也，故务使国民有高尚
之理想，有严重之品格，有赅博之科学。一切教育条理，皆由
此两大宗旨而生。故其国多私立学校，授种种群学哲学等。其
人重名誉，轻金钱，有以学问为谋生之具者，则共鄙弃之不与
齿。其结果也，立法行政之制度在上古号称最完善，至今为各
国所仿效。而大儒梭格拉底、柏拉图、阿里士多德，皆生于
其间。

第二，斯巴达。斯巴达者，亦希腊一国，与雅典对峙，而贵族专制政体之名邦也。其教育制度，由彼中大立法家来喀格士所定，其宗旨在使斯巴达为全希腊最强之国，故先使全国人为军国民。一国之子弟，一国所公有也，父母不得而私之。童子年七岁即入公立学校，养之教之，皆政府责任。惟其以专制为政体也，故务束缚之，养其服从长上之性，非至四十以上不能自由。惟其以尚武为精神也，故专务操练躯体，使之强壮，每使之历人生不能堪之苦工，有过失者，鞭挞楚毒于长老之前。纪律极严，一国如一军，常以爱国大义讨实而训警之，故敌忾之心无时或忘。斯巴达之教育即由此专制、尚武两大宗旨而生者也。其结果也，使其国狃主夏盟，雄长诸侯。

第三，耶稣教会。耶稣教之教育，非国民教育也。虽然其宗旨之坚忍而伟大，有深足法者，且中古一线之文明赖之以延，近世无量之文明因之以发，故不可不论及之。耶稣教无固有之教育法，无固有之学制，无固有之教授材料。语其特色，则以耶稣为教育之理想，以耶稣为教育家之模范也。其宗旨在严守律法，而各自尊其自由权，且互尊他人之自由权，以至诚起信为体，以杀身成仁、忍辱耐苦为用。当中世之初，教会本无学校，而此宗旨所磅礴郁积，愈光愈大，及今日而耶稣教之学堂遂遍于大地。其结果也，能合无量数异国异种之人，结为一千古未有之大团体，其权力常与国家相颉颃，时或驾而上之。

第四，英吉列。盎格鲁撒克逊种者，今日地球上最荣誉之民族也。其教育之宗旨，在养成活泼进步之国民，故贵自由、重独立，熏陶高尚之德性，锻炼强武之体魄。盖兼雅典、斯巴达之长而有之焉。英国之学校，特注重于德育体育，而智育居其末。若以学科之繁、程度之高论之，则英国之视诸国，瞠乎后也。而绝大之学者、绝大之政治家、绝大之国民出焉，何也？其教育之优点不在形质而在精神。其父母之视子女也，不视为己之附庸，而视为国民之分子。其在家庭，其在学校，皆常以有启发其权利义务之观念，而使知自贵自重。其所教者常务实业，使其成年之后可以自立，而断绝其倚赖他人之心。自其幼时，常使执事，使其有自治之力。虽离父母去师长，而不至为恶风潮之所漂荡，故英美国民皆各有常识，各有实力，非徒恃一二英雄豪杰以自往国家者也。以故六洲五洋中，大而大陆，小而孤岛，无不有盎格鲁撒克逊人种之足迹。而所至皆能自治、独立、战胜他族，盖皆其教育宗旨所陶铸，非偶然耳。

（《饮冰室全集》）

蔡元培（1868—1940），字鹤卿，别号孑民。浙江绍兴人。20世纪中国杰出的教育家、思想家和民主主义革命家。1901年出任中国教育会会长，1908年赴德留学，1911年回国。1912年出任中华民国首任教育总长，同年7月辞职，9月旅居德国。1916年冬回国，出任北京大学校长。1928年起任中央研究院首任院长。蔡元培先生毕生倡导教育救国、学术救国和科学救国，推动中国的思想启蒙和文化复兴。

新教育与旧教育之歧点

蔡元培

今日承京津中华书局代表之招，得与诸先生晤言一堂，不胜荣幸。中华书局为供给教育资料之机关，诸君子皆有实施教育之职务，今日所相与讨论者，自然为教育问题。鄙人于小学教育，既未有经验；又于直隶省教育情形，未有所考察，不能为切实之贡献。谨以平日对于教育界之普通感想，质之于诸先生。

夫新教育所以异于旧教育者，有一要点焉：即教育者，非以吾人教育儿童，而吾人受教于儿童之谓也。吾国之旧教育，以养成科名仕宦之材为目的。科名仕宦，必经考试；考试必有诗文；欲作诗文，必不可不识古字，读古书，记古代琐事。于是先之以《千字文》《神童诗》《龙文鞭影》《幼学须知》等书；进之以"四书""五经"；又次则学为八股文，五言八韵诗。其他若自然现象、社会状况，虽为儿童所亟欲了解者，均不得阑入教科，以其与应试无关也。

是教者预定一目的，而强受教者以就之；故不问其性质之动静，资禀之锐钝，而教之止有一法，能者奖之，不能者罚之；如吾人之处置无机物然，石之凸者平之，铁之脆者锻之；如花匠编松柏为鹤鹿焉，如技者教狗马以舞蹈焉；如凶汉之割折幼童，而使为奇形怪状焉；追想及之，令人不寒而栗。

新教育则否，在深知儿童身心发达之程序，而择种种适当之方法以助之；如农学家之于植物焉，干则灌溉之，弱则支持之，畏寒则置之温室，需食则资以肥料，好光则覆以有色之玻璃；其间种类之别，多寡之量，皆几经实验之结果，而后选定之；且随时试验，随时改良，决不敢挟成见以从事焉。故治新教育者，必以实验教育学为根柢。

实验教育学者，欧美最新之科学，自实验心理学出，而尤与实验儿童心理学相关。其所试验者，曰感觉之阈，曰感觉之分别界，曰空间与时间之表象，曰反射，曰判断，曰注意力，曰同化作用，曰联想，曰意志之阅历，曰统觉，凡一切心理上之现象皆具焉。其试验之也，或以仪器，或以图画，或以言语，或以文字；其所为比较者，或以年龄，或以男女之别，或以外界一切之关系，或以祖先之遗传性，因而得种种普通之例，亦即因而得种种差别之点。虽今日尚未达完全之域，然研究所得，视昔之纯凭臆测者，已较有把握矣。

因而知教育者，与其守成法，毋宁尚自然；与其求划一，毋宁展个性。请举新教育之合于此主义者数端：

一曰托尔斯泰（Tolstoy）之自由学校。其建设也，尚在实验教育学未起以前，乃本卢梭、裴斯泰洛齐、弗罗贝尔等之自然主义而推演之者。其学生无一定之位置，或坐于凳，或登于桌，或伏于窗槛，或踞于地板，惟其所欲；其课程亦无定时，惟学生之愿，常以种种对象间厕而行之；其教授之形式，惟有问答。闻近年比利时亦有此种学校，鄙人欲索其章程，适欧战起，比为德所据，不可得矣。

二曰杜威（Dewey）之实用主义。杜威尝著《学校与普通生活》一书，力言学校教科与社会隔绝之害，附设一学校于芝加哥大学，即以人类所需之衣食住三者为工事标准，略分三部：一曰手工，如木工、金工之类；二曰烹饪；三曰缝织，而描画模型等皆属之；即由此而授以学理，如因烹饪而授以化学，因裁缝而授以数学，因手工而授以物理学、博物学，因原料所自出而授以地理学，因各时代各民族工艺若服食之不同而授以历史学、人类学等是也。

三曰蒙台梭利之儿童室，即特设各种器具以启发儿童之心理作用者是也。吾国已有译本，想诸君已见之。

四曰某氏之以工作为操练说。此说不忆为何人所创，大约以能力说为基础。能力者，西文所谓 Energy 也。近世自然哲学，以世界一切现象不外乎能力之转移，如燃煤生热，热能蒸水成汽，汽能运机，机能制品，即一种能力之由煤而热，而汽，而机，而器，递相转移也。惟能力之转移，有经济与不经济之别，如水力可以运机发电，而我国海潮瀑布之属，皆置而不用，是即不经济之一端也。近世教育，如手工、图画等科，一方面为目力手力之操练，而一方面即有成绩品，此能力转移之经济者也。其他各种运动，大率止有操练，并无出品，则为不经济之转移。若合个人生理及社会需要两方面而研究之，设为种种手力足力之工作，以代拍球蹴球之戏，设为种种运输之工作，以利用竞走竞漕之役，则悉于体育之中养成勤务之习惯，而一切过激之动作，凌人之虚荣心，亦可以免矣。

其他类是之新说，为鄙人所未知者，尚不知凡几，亦足以见现代教育界之进步矣。吾国教育界，乃尚牢守几本教科书，以强迫全班之学生，其实与往日之《三字经》、"四书"、"五经"等，不过五十步与百步之相差。欲救其弊，第一，须设实验教育之研究所。第二，教员须有充分之知识，足以应儿童之请益与模范而不匮。第三，则供给教育品者，亦当有种种参考之图书与仪器，以供教员之取资。如此，则始足语于新教育矣。

在天津中华书局直隶全省小学会议欢迎会演说（《蔡孑民先生言行录》）

胡　适（1891—1962），原名嗣穈，学名洪骍，字希疆；后改名胡适，字适之，笔名天风、藏晖等。安徽绩溪人。因提倡文学革命而成为新文化运动的领袖之一。历任北京大学教授、北京大学文学院院长、中华民国驻美利坚合众国特命全权大使、北京大学校长等职。胡适兴趣广泛，著述丰富，在文学、哲学、史学、考据学、教育学、伦理学、红学等诸多领域都有深入的研究，被誉为现代思想文化界最稳健、最优秀、最高瞻远瞩的哲人智者。

教育破产的救济方法还是教育

胡　适

我们中国人有一种最普遍的死症，医书上还没有名字，我姑且叫它作"没有胃口"。无论什么好东西，到了我们嘴里，舌头一舔，刚觉有味，才吞下肚去，就要作呕了。胃口不好，什么美味都只能"浅尝而止"，终不能下咽，所以我们天天皱起眉头，做出苦样子来，说：没有好东西吃！这个病症，看上去很平常，其实是死症。

前些年，大家都承认中国需要科学，然而科学还没有进口，早就听见一班妄人高唱"科学破产"了；不久又听见一班妄人高唱"打倒科学"了。前些年，大家又都承认中国需要民主宪政，然而宪政还没有入门，国会只召集过一个，早就听见一班"学者"高唱"议会政治破产""民主宪政是资本主义的副产物"了。

更奇怪的是今日大家对于教育的不信任。我做小孩子的时候，常听见人说这类的话："普鲁士战胜法兰西，不在战场上而在小学校里。""英国的国旗从日出处飘到日入处，其原因要在英国学堂的足球场上去寻找。"那时的中国人真迷信教育的万能！山东有一个乞丐武训，他终身讨饭，积下钱来就去办小学堂；他开了好几个小学堂，当时全国人都知道"义丐武训"的大名。这件故事，最可以表示那个时代的人对于教育的狂热。民国初元，范源濂等人极力提倡师范教育，他们的见解虽然太偏重"普及"而忽略了"提高"的方面，然而他们还是向来迷信教育救国的一派的代表。民国六年以后，蔡元培等人注意大学教育，他们的弊病恰和前一派相反，他们用全力去做"提高"的事业，却又忽略了教育"普及"的方面。但无论如何，范、蔡诸人都还绝对信仰教育是救国的唯一路子。民八至民九，杜威博士在中国各地讲演新教育的原理与方法，也很引起了全国人的注意。那时阎锡山在娘子关内也正在计划山西的普及教育，太原的种种补充小学师资的速成训练班正在极热烈的猛进时期，当时到太原游览参观的人都不能不深刻地感觉山西的一班领袖对于普及教育的狂热。

曾几何时，全国人对于教育好像忽然都冷淡了！渐渐地有人厌恶教育了，渐渐地有人高喊"教育破产"了。

从狂热的迷信教育，变到冷淡的怀疑教育，这里面当然有许多复杂的原因。第一是教育界自己毁坏他们在国中的信用：自从民八双十节以后，北京教育界抬出了"索薪"的大旗来替代了"造新文化"的运动，甚至于不恤教员罢课至一年以上以求达到索薪的目的，从此以后，我们真不能怪国人瞧不起教育界了。第二是这十年来教育的政治化，使教育变空虚了；往往学校所认为最不满意的人，可以不读书，不做学问，而仅仅靠着活动的能力取得禄位与权力；学校本身又因为政治的不安定，时时发生令人厌恶的风潮。第三，这十几年来（直到最近时期），教育行政的当局无力管理教育，就使私立中学与大学尽量地营业化；往往失业的大学生与留学生不用什么图书仪器的设备，就可以挂起中学或大学的招牌来招收学生；野鸡学校越多，教育的信用当然越低落了。第四，这十几年来，所谓高等教育的机关添设太快了，国内人才实在不够分配，所以大学地位与程度都降低了，这也是教育招人轻视的一个原因。第五，粗制滥造的毕业生骤然增多了，而社会上的事业不能有同样速度的发展，政府机关又不肯充分采用考试任官的方法，于是"粥少僧多"的现象就成为今日的严重问题，做父兄的担负了十多年的教育费，眼见子弟拿着文凭寻不到饭碗，当然要埋怨教育本身的失败了。

这许多原因（当然不限于这些），我们都不否认。但我要指出，这种种原因都不够证成教育的破产。事实上，我们今日还只是刚开始试办教育，还只是刚起了一个头，离那现代国家应该有的教育真是去题万里！本来还没有"教育"可说，怎么谈得到"教育破产"？产还没有置，有什么可破？今日高唱"教育破产"的妄人，都只是害了我在上文说的

"没有胃口"的病症。他们在一个时代也曾跟着别人喊着要教育，等到刚尝着教育的味儿，他们早就皱起眉头来说教育是吃不得的了！我们只能学耶稣的话来对这种人说："啊！你们这班信心浅薄的人啊！"

我要很诚恳地对全国人诉说：今日中国教育的一切毛病，都由于我们对教育太没有信心，太不注意，太不肯花钱。教育所以"破产"，都因为教育太少了，太不够了。教育的失败，正因为我们今日还不曾真正有教育。

为什么一个小学毕业的孩子不肯回到田间去帮他父母做工呢？并不是小学教育毁了他。第一，是因为田间小孩子能读完小学的人数太少了，他觉得他进了一种特殊阶级，所以不屑种田学手艺了。第二，是因为那班种田做手艺的人也连小学都没有进过，本来也就不欢迎这个认得几担大字的小学生。第三，他的父兄花钱送他进学堂，心眼里本来也就指望他做一个特殊阶级，可以夸耀邻里，本来也就最不指望他做块"回乡豆腐干"重回到田间来。

对于这三个根本原因，一切所谓"生活教育""职业教育"都不是有效的救济。根本的救济在于教育普及，使个个学龄儿童都得受义务的（不用父母花钱的）小学教育；使人人都感觉那一点点的小学教育并不是某种特殊阶级的表记，不过是个个"人"必需的东西——和吃饭、睡觉、呼吸空气一样的必需的东西。人人都受了小学教育，小学毕业生自然不会做游民了。

中学教育和大学教育的许多怪现状也不会是教育本身的毛病，也往往是这个过渡时期（从没有教育过渡到刚开始有教育的时期）不可避免的现状。因为教育太稀有，太贵；因为小学教育太不普及，所以中等教育更成了极少数人家子弟的专有品，大学教育更不用说了。今日大多数升学的青年，不一定都是应该升学的，只因为他们的父兄有送子弟升学的财力，或者因为他们的父兄存了"将本求利"的心思勉力借贷供给他们升学的。中学毕业要贴报条向亲戚报喜，大学毕业要在祠堂前竖旗杆，这都不是今日已绝迹的事。这样稀有的宝贝（今日在初中的人数约占全国人口一千分之一，在高中的人数约占全国人口四千分之一，在专科以上学校的人数约占全国人口一万分之一！）当然要高自位置，不屑回到内地去，宁做都市的失业者，而不肯做农村的导师了。

今日中等教育与高等教育所以还办不好，基本的原因还在于学生的来源太狭，在于下层的教育基础太窄太小（十九年度全国高中普通科毕业生数不满八千人，而二十年度专科以上学校一年级新生有一万五千多人！），来学的多数是为熬资格而来，不是为求学问而来。因为要的是资格，所以只要学校肯给文凭便有学生。因为要的是资格，所以教员越不负责任越受欢迎，而严格负责的训练管理往往反可以引起风潮。学问是可以牺牲的，资格和文凭是不可以牺牲的。

欲要救济教育的失败，根本的方法只有用全力扩大那个下层的基础，就是要下决心在最短年限内做到初等义务教育的普及。国家与社会在今日必须拼命扩充初等义务教育，然后可以用助学金和免费的制度，从那绝大多数的青年学生里，选拔那些真有求高等知识的天才的人去升学。受教育的人多了，单有文凭上的资格就不够用了，多数人自然会要求真正的知识与技能了。

这当然是绝大的财政负担，其经费数目的伟大可以骇死今日中央和地方天天叫穷的财政家。但这不是绝不可能的事。在七八年前，谁敢相信中国政府每年能担负四万万元的军费？然而这个巨大的军费数目在今日久已是我们看惯毫不惊讶的事实了！

所以今日最可虑的还不是没有钱，只是我们全国人对于教育没有信心。我们今日必须坚决的信仰：五千万失学儿童的救济比五千架飞机的功效至少要大五万倍！

二十三，八，十七①
（《胡适文存》）

---

① 本书所选文章，篇末如采用中文数字纪年（均为民国原书所载），系指中国历法年月日，如本处即指民国二十三年（公历 1934 年）八月十七日；如为阿拉伯数字，则指公历年月日。特此说明，以后不再为此加注。——编者注。

蒋梦麟（1886—1964），中国近现代著名教育家。1908年赴美留学，1912年从加州大学毕业，到哥伦比亚大学继续研修教育，1917年获博士学位后回国。1919年主编《新教育》月刊，同年任北京大学教育系教授兼总务长。1927年任国民政府教育部长。1930年任北京大学校长。1938年任西南联大校务委员会常委。1941年兼任红十字会中国总会会长。著有《西潮》《孟邻文存》《新潮》等。

教育思想的根本改革

蒋梦麟

今日为中华民国九年之第一日，也是上海四团体所组织的学术讲演会讲演的第一次。今日鄙人所讲的，为今日最重要问题——教育问题。以前学生同政府奋斗，想扫除那些政客武人，那么吾们国家的根本改革，根本发达，全赖我国的青年学生。所以这个问题，简直是吾们生死存亡的问题，也是青年学生最重要的问题。当教员的自然不可以糊糊涂涂过去；要是糊里糊涂做去，那是不得了。所以根本思想，必须完全考虑过才是。

大凡一个国家，终脱不了遗传的性质，不知不觉地流传下来。教育上也很多，例如"学生是中国的主人翁"。凡做学生的，往往有这种思想，但是试问，哪个来替你做奴隶呢？

还有我们办教育的，模仿性也太重了。《论语》上说"学而时习之"，朱子注"学之为言效也"，这明明教人模仿。不知不觉地流传下来，印入脑筋里，根深蒂固，所以到现在还是这样。德国是办教育强的，所以吾们也办教育；日本是办教育强的，所以吾们也办教育。看教育好像万应如意油、百病消散丸，当教育为万能。然而吾们模仿他了，教育也办了，还是这样；还是不应，不如意，百病不消散。从这点看来，方才晓得有两个原因：

（一）受学的人少。假使我国人民有五分之一入学的，那么当有八千万。现在小学生不过三百万，只有百分之四；还有百分之九十六都不受教育。那么哪里还可以像如意油、万应消散丸的消灭百病？（据民国十八年度的统计，全国小学及幼稚园的学生已达八百九十万人）。

（二）根本思想的错误。如错认学生为中国的主人翁，不知不觉地流露出来。浅近看起来，如从前私塾里念的《神童诗》上说"朝为田舍郎，暮登天子堂"，范文正的"以天下为己任"，都是教人做良相。这种思想遗传下来，到现在还没有消灭。进一步讲，读书做圣贤，那么一国中要许多圣贤来什么用呢？学生是主人翁，也是这样。还有一种：因为要爱国、救国，所以来办教育。他看了中国危险万分了，就教小孩子什么中国危险，什么不得了，好像向秋天的花说道"你不得了，要死了"，使小孩子变成一种枯的秋草。从前科举时代，使天下英雄都入吾彀中，也是养成枯草式的、死的、消极的人才罢了。所以讲《神童诗》的教育，一方面养成登天子堂的思想，一方面养成书呆子。吾们天天讲教育，不过如是。吾在北京大学，看新入学的学生——中等学校毕业生——体育真不行。小孩子本来会跑会跳的，后来进学校，就不行了；眼有病了，要戴眼镜了，背也曲了，肺也小了。这样办教育，将来真不堪设想呀。

现在要谋教育思想的根本改革，第一须改革出产品，学校好像机器，所以造就人才好像制造出产品。出产品的改革如下：

（一）要养成活泼泼的、能自动的一个人，不应该使他成一个曲背近视眼的一个人。以前欧洲的教育也是如此。到了1837年，德国人佛洛培尔（Frobel）他看待学生，好像花草一样，任其自然长大的；但是没有名称题他的学校。后来他到一处山中，听着鸟鸣水流，看见许多花草，种种天然景致，他忽然联想到他的学校，就名它幼稚园（kindergarten）（小孩子的花园）。现在吾国办教育，竟忘了kindergarten的原意，简直把它当作监牢一样。好像一个很有景致的山，变成一座童山，吾要叫他幼稚牢了。小孩子四五岁的时候，很活泼，很好动；一进学校，就不许他动，不放他活泼，那么能力就消灭起来。用"天地玄黄""人之初"教小孩子，知道不行了，就改用教科书，教"一只狗""一只猫"；教历史，便是"黄帝擒蚩尤"，可惜那些小孩子连黄帝是哪个都不曾晓得。吾小的时候，记得唱"萤火虫，夜夜红，替我做盏小灯笼"，现在偏要唱"du ra mi……"买一具风琴。不但中国是如此，外国也有这样的情形。有一天，有一个小孩子，指着牛来问我是什么，我同他说"牛"。他说："我们书里边图画里的牛没有那样大。这不是牛，这不是牛。"又有一个小孩子，拿一个橘子来给我，他说："我送你一个地球。"（因为听见先生说地球像橘的圆。）这种情形，都是四面墙壁的教室监牢住的结果。明朝王阳明也晓得小孩子本来好动的，要像春风时雨样地滋长的，要是不许他动，那么读书的房子便是监牢一样，教的人像守牢的人一样。他本来好动的，现在不许他动，这便是"违天然""杀国民"。所以吾们根本的改革，要养成活泼自动的一个人。

（二）要养成他做一个有能力去改良社会的人。孟子说："庠序之教，所以明人伦也。"《大学》上也说："修身，齐家，治国，平天下。"所谓修身，规行矩步，不管闲事。所谓齐家，吾是亲的子，亲是吾的马牛。还有三从四德、三纲五常。这都是教一般学生应该学的，应该守的。后来社会进化，有了学校，便送孩子到学校里去；但是他的宗旨：①能够掌理家事；②做主人翁……这两种心理是根据着修身、齐家、治国、平天下来的。社会上所谓好教育，不过是希望有仁政主义、牧民主义的政策；有良相贤君来替你做事，算是恩德无量了。看历史上的一治一乱，无非是羊肥羊瘦的不同。羊的食，要靠它自己去寻的；而且人不是羊，那么牧民政策还有存在的理由吗？现在的学生（将来社会的分子）是要改良社会的，要具改良社会的能力的，不是做什么主人翁的。所以学生要自治，使学校做成社会，教学生做学校社会的分子，去改良他的社会；养成改良社会的能力，教他出去做一个社会分子，能够改良社会。有人说：学生自治，学生自治，他们一味捣乱；那自治能力还没有，决不能放他自治的。但是这种现象是必经的阶级，所以冲突捣乱的事情，一定不免的；不过与其到将来社会上去发现，不如在学校里使他经过这个经验和阶级。试验化学的人，决不能因瓶子爆破而不试验的。所以这种试验一定要有，正所以打破几千年仁政主义、牧民主义的政策，来做改良社会的分子。这样看来，山西阎百川的治理山西虽然很好，但是终不免"人存政举，人亡政息"的忧虑。吾希望他一方面姑作权宜之计；一方面养成民治的能力和精神，使它能够自治。吾们江浙两省算是富饶之地，如果像山西那样办理，那是可佩服得很了。

（三）要有生产的能力。从前讲教育的，都不讲生产，所以孟子见梁惠王说："王亦曰仁义而已矣，何必曰利？"因此读书的都耻谈利；因此政治道德就并谈起来。《论语》上说："为政以德，譬如北辰，居其所而众星共之。"办教育的也提倡政治道德，养成良相圣贤。这种谬见到现在还没有消除。学生们当然要能够改良社会，所以一定要使他们在社会上能够生产。丈人说孔子"四体不勤，五谷不分"，我们应当四体要勤，五谷要分。大家说劳工神圣，因为不劳工，社会上生产力要停顿的；要它一直生产下去，所以要劳工；因为不去劳工，社会上就没有生产，所以叫作神圣。十九世纪物质科学的发达全赖劳工。杜威博士也说过："希腊轻视劳工，所以物质科学不发达。""劳工"两字并非单指泥水匠、木匠……而言，做教员、做医生……的，都叫劳工。所以凡是为社会服务的，有生产能力的（包括劳心、劳力），都叫作劳工。从前人说：劳心者役人，劳力者役于人。这是阶级时代的思想，现在不行了。现在劳心者，也有役于人的；劳力者，也有役人的。做教员，是劳心者役于人的；华侨因劳力起家，开学校，办工厂，是劳力者役人。劳心劳力，一样是劳工。美国教育会现在都加入了工党，可知劳工真不可再缺乏了。

在第二师范讲
（《过渡时代之思想感情与教育》）

罗家伦（1897—1969），著名教育家、思想家、社会活动家；"五四"运动中的活跃人物，首次提出"五四运动"这个名词。1914 年入上海复旦公学，1917 年在北京大学主修外国文学。1920 年赴美国普林斯顿大学、哥伦比亚大学留学，后又去英国伦敦大学、德国柏林大学、法国巴黎大学学习。1926 年回国后参加北伐，后任清华大学、中央大学校长。1947 年出任国民政府驻印度大使。著有《新人生观》《科学与玄学》等。

知识的责任

罗家伦

要建立新人生观，除了养成道德的勇气而外，还要能负起知识的责任（intellectual responsibility）。本来责任是人人都有的，无论是耕田的、做工的、从军的，或者是任政府官吏的，都各有各的责任。为什么我要特别提出"知识的责任"来讲？知识是人类最高智慧发展的结晶，是人类经验中最可珍贵的宝藏，不是人人都能取得、都能具备的，因此，凡有求得知识机会的人，都可说是得天独厚、享受人间特惠的人，所以都应该负一种特殊的责任。而且知识是精神生活的要素，是指挥物质生活的原动力，是我们一切行为的最高标准。倘使有知识的人不能负起他特殊的责任，那他的知识就是无用的，不但无用，并且受了糟蹋。糟蹋知识是人间的罪恶，因为这是阻碍或停滞人类文化的发达和进步。所以知识的责任问题，值得我们加以严重的注意。我们忝属于所谓知识分子，尤其觉得这是一个切身问题。

所谓知识的责任，包含三层意义：

第一是要有负责的思想。思想不是空想，不是幻想，不是梦想，而是搜集各种事实的根据，加以严格逻辑的审核，而后构成的一种有周密系统的精神结晶。所以一知半解，不足以称为成熟的思想；强不知以为知，更不能称为成熟的思想。思想是不容易成立的，必须要经过逻辑的陶镕，科学的锻炼，凡是思想家，都是不断地劳苦工作者。"焚膏油以继晷，恒矻矻以穷年"，他的求知的活动是一刻不停的，所以他才能孕育出伟大成熟的思想，以领导一世的思想。思想家都是从艰难困苦中奋斗出来的。他们为求真理而蒙受的牺牲，决不亚于在战场上鏖战的牺牲。拿科学的实验来说，譬如在实验室里试验炸药的人，被炸伤或炸死者不知多少；又如到荒僻的地方调查地质、生物、人种的人，或遇天灾而死，或染疾而死，或遭盗匪、蛮族杀害而死的，也不知多少。他们从这种艰苦危难之中得来的思想，自然更觉得亲切而可以负责。西洋的学者发表一篇学术报告或论文，都要自己签字，这正是负责的表现。

其次是除有负责的思想而外，还要能对负责的思想去负责。思想既是不易得到的真理，则一旦得到以后，就应该负一种推进和扩充的责任。真理是不应埋没的，是要发表的。在发表以前，固应首先考虑到它是不是真理，可不可以发表；但是既已考虑发表以后，苟无新事实、新理论的发现和修正，或是为他人更精辟的学说所折服，那就应当本着大无畏的精神把它更尖锐地推进，更广大地扩充。我们读西洋科学史，都知道科学家为真理的推进和扩充而奋斗牺牲的事迹，真是"史不绝书"。譬如哥白尼（Copernicus）最先发现地动学说，说太阳是不动的，地球及其他行星都在它的周围运行，他就因此受了教会多少的阻碍。后来白兰罗（Bruno）出来继续研究，承认了这个真理，极力传播，弄到触犯了教会的大怒，不仅是被捕入狱，而且被"点天灯"而死。盖律雷（Galilei）继起，更加以物理学的证明去阐扬这种学说，到老年还铁锁锒铛，饱受铁窗的风味。他们虽受尽压迫和困辱，但始终都坚持原来的信仰，有"鼎镬甘如饴，求之不可得"的态度。他们虽因此而牺牲，但是科学上的真理却因为他们的牺牲而确定。像这种对于思想负责的精神，才正是推动人类文化的伟大动力。

再进一层说，知识分子既然得天独厚，受了人间的特惠，就应该对于国家、民族、社会、人群，负起更重大的责任来。世间亦唯有知识分子，才有机会去发掘人类文化的宝藏，才有特权去承受过去时代留下的最好的精神遗产。知识分子是民族最优秀的分子，同时也是国家最幸运的宠儿。如果不比常人负更重更大的责任，如何对得起自己天然的禀赋？如何对得起国家、民族的赐予？又如何对得起历代先哲的伟大遗留？知识分子在中国向称为"士"。曾子说："士不可以不弘毅，任重而道远。仁以为己任，不亦重乎？死而后已，不亦远乎？"身为知识分子，就应该抱一种舍我其谁、至死无悔的态度，去担当领导群伦继往开来的责任。当民族生死存亡的紧急关头，知识分子的责任尤为重大。范仲淹主张"先天下之忧而忧，后天下之乐而乐"，必须有这种抱负，才配做知识分子。他的"胸中十万甲兵"也是由此而来的。

提起中国的知识分子，我们很觉痛心。中国社会一般的通病就是不负责任，而以行政的部分为尤甚（这当然是指行政的一部分而言）。从前的公文程式，是不用引号的；办稿的时候，引到来文不必照抄，只写"云云"二字，让书吏照原文补写进去。传说沈葆桢做某省巡抚，发现某县的来文上，书吏照抄云云二字，不曾将原引来文补入，该县各级负责人员也不曾觉察。于是他很幽默地批道："吏云云，幕云云，官亦云云，想该县所办之事，不过云云而已。"这是一个笑话，但是很足以形容中国官僚政治的精神。中国老官僚办公事的秘诀，是不负责任，推诿责任。所以上级官厅对下的公事，是把责任推到下面去；下级官厅对上的公事，是把责任推到上面去。责任是一个皮球，上下交踢。踢来踢去的结果，中国竟和火线中间有一段"无人之境"（noman's land）一样。这是行政界的通病，难道知识界就没有互相推诿、不负责任的情形吗？有几多人挺身而出，本着自己的深信，拿出自己的担当来说，这是我研究的真理，这是我服务的责任，我不退缩，我不推诿？这种不负责任的病根，诊断起来，由于下列各点：

第一是缺少思想的训练。他的思想不曾经过严格的纪律，因此已有的思想固不能发挥，新鲜的思想也无从产生。外国的思想家常提倡一种严正而有纪律的思想（rigorous thinking），就是一种用逻辑的烈火来锻炼过的思想。正确的思想是不容易获得的，必得经过长期的痛苦，严格的训练，然后才能为我所有。思想的训练是教育上的重大问题。历次世界教育会议对于这个问题，都曾加以讨论。有人主张研究社会科学的人，他得学高深的数学，不是因为他用得着这些数学，乃是因为这种数学是他思想的训练。思想是要有纪律的。思想的纪律，决不是去束缚思想，而是去引申思想，发展思想。中国知识界现在就正缺少这种思想上的锻炼。

第二是容易接受思想。中国人向来很少人坚持他特有的思想，所以最容易接受他人的思想。有人说中国人在思想上最为宽大，最能容忍，这是美德，不是毛病。但是思想这件事，是就是是，非就是非，谈不到什么宽大和容忍。不是东风压倒西风，便是西风压倒东风。哥白尼主张地动说，固然自己深信是对的；就是白兰罗和盖律雷研究这个学说认为他是对的以后，也就坚决地相信它，拥护它，至死终不改变。试看西洋科学与宗教战争史中，为这学说奋斗不懈、牺牲生命的人曾有多少。这才是对真理应有的态度。中国人向来本相信天圆地方，"气之轻清上浮者为天，气之重浊下凝者为地"。但是西洋的地动学说一传到中国，中国人立刻就说地是圆的，马上接受，从未发生过流血的惨剧。又如达尔文的生物进化论，也是经过多少年宗教的反对，从苦斗中才挣扎出来的。直至1911年，德国还有一位大学教授，因讲进化论而被辞退；甚至到了1921年，美国坦尼西（Tennessee）州还有一位中学教员因讲进化论而遭诉讼。这虽然可以说是他们守旧势力的顽固，但是也可表现西洋人对于新思想的接受不是轻易的。可是在中国却不然。中国人本来相信盘古用金斧头开天辟地。"自从盘古开天地，三皇五帝定乾坤"，不是多少小说书上都有的吗？但是后来进化论一传进来，也就立刻说起天演、物竞天择和人类是猴子变的来（其实人类是猴子的"老表"）。人家是经过生物的实验而后相信的。我们呢？我们只是因为严复译了赫胥黎的《天演论》，文章做得极好，吴挚甫恭维他"骎骎乎周秦诸子矣"一来，于是全国风从了。像这样容易接受思想，只足以表示我们的不认真，不考虑，哪里是我们的美德？容易得，也就容易失；容易接受思想，也就容易把它丢掉。这正是中国知识界最显著的病态。现在中国某省愈是中学生愈好谈主义，就是这个道理。

第三是混沌的思想。既没有思想的训练，又容易接受外来的思想，其当然的结果，就是思想的混沌。混沌云者，就是混合不清。况且这种混合是物理上的混合，而不是化学上的化合。上下古今，不分皂白搅在一起，这就是中国思想混合的方式。我不是深闭固拒，不赞成采取他人好的思想，只是采取他人的思想，必须加以自己的锻炼，才能构成自己思想的系统。这才真是化学的化合呢！西洋人也有主张调和的，但是调和要融合（harmony）才对，不然只是迁就（compromise），真理是不能迁就的。我常怪中国的思想中"杂家"最有势力。如春秋战国时代，百家争鸣，极端力行的墨，虚寂无为的老，都是各树一帜，思想上的分野是很清楚的。等到战国收场的时候，却有《吕氏春秋》出现，混合各派，成为一个"杂家"。汉朝斥百家而尊儒孔，实际上却尚黄老，结果淮南子得势，混合儒道，又是一个杂家。这种混杂的情形直至今日仍相沿未改。二十年前我造了一个"古今中外派"的名词，就是形容这种思想混杂的人。丈夫信仰基督教，妻子不妨念佛，儿子病了还要请道士"解太岁"。这是何等的容忍！容忍到北平大出丧，一班和尚、一班道士、一班喇嘛、一班军乐队同时并列，真是蔚为奇观！这真是中国人思想的缩影！

第四是散漫的思想。这种是片断的、琐碎的、无组织的。散漫思想的由来固且由于思想无严格的训练，但是主要的原因还是懒。他思想的方式是触机，只是他灵机一来之后，就在这机来的一刹那停止了，不追求下去了。这如何能发生系统的思想、精密的思想？于是成了"万物皆出于机，万物皆入于机"的现象。他只是让他的思想像电光石火一样的一阵阵地过去。有时候他的思想未始不聪明，不过他的聪明就止于此。六朝人的隽语是由此而来的。《世说新语》的代代风行也是为此。中国人的善于"玩字"，没有其他的理由。因此，系统的、精密的专门哲学在中国很难产生，因此中国文学里很少有西洋式如弥尔敦的《天国云亡》、哥德的《浮士德》那般成本的长诗。因此笔记小说为文人学士消闲的无上神品。现在还有人提倡袁中郎、《浮生六记》和小品文艺，正是这种思想的斜晖落照！不把思想的懒根性去掉，系统的伟大思想是不会产生的。

第五是颓废的思想。颓废的思想是思想界的鸦片烟，是民族的催眠术——并且由催眠术而进为催命符。颓废的思想就是没有气力的思想，没有生力的思想。什么东西经过他思想的沙漏缸一过，都是懒洋洋的。颓废的思想所发生的影响，就是颓废的行为。以现在的文艺品来说吧，有许多是供闺秀们消闲的，是供老年人娱晚景的。有钱的人消闲可以，这是一格；但是我们全民族是在没有饭吃的时候，没有生存余地的时候呀！老年人消闲可以，因为他的日子是屈指可算的，但是给青年人读可为害不浅了。而现在喜欢读这些刊物的反而是青年人！文人喜欢诗酒怡情，而以李太白为护符。是的，李太白是喜欢喝酒。"李白斗酒诗百篇"，你酒是喝了，但是像李太白那样的一百篇诗呢？我们学李太白更不要忘记他是"十五学剑术，遍干诸侯，三十成文章，历抵卿相，虽长不满七尺，而心雄万夫"的人呀！你呢？颓废的思想不除，民族的生力不能恢复。

第六，不能从力行中体会思想，更以思想证诸力行。中国的文人，中国的"士"，是最长于清谈的，最长于享受的。在魏晋六朝是"清谈"，在以后蜕化而为"清议"。清谈清议是最不负责任的思想的表现。南宋是清议最盛的时代，所以弄到"议未定而金兵已渡河"。明末也是清议最盛的时代，所以弄到忠臣义士，凡事不能做有计划地进行，逼得除了死以外，无以报国。"清议可畏"，真是可畏极了！横竖自己不干，人家干总是可以说风凉话了。自己叹叹气，享享乐吧。"且以喜乐，且以永日，我躬不阅，遑恤我后。"老实说，现在我们国内的知识分子，也不免宋明的清议风气，只是享乐则换了一套近代化的方式。我九年前到北平去，看见几位知识界的朋友们，自己都有精致的客厅，优美的庭园，莳着名卉异草；认为不足的时候，还可到北海公园去散散步。我当时带笑地说道，现在大家是"花萼夹城通御气"，恐怕不久要"芙蓉小苑入边愁"。现在回想起来，字字都是伤心之泪。这不是北平如此，他处又何独不然？我们还知道近年来通都大邑有"沙龙"的风气吗？"我们太太的沙龙"是见诸时人小说的。很好，有空闲的下午，在精致的客厅里，找几位时髦的女士在一道，谈谈文艺，谈谈不负责任的政治。是的，这是法国的风气，巴黎有不少的沙龙，但是法国当年还靠着莱茵河那边绵延几百里的马奇诺防线呀！哪知道纸醉金迷的结果，铜墙铁壁的马奇诺竟全不可靠。色当一役，使堂堂不可一世的头等强国重蹈拿破仑第三时代的覆辙，夷为奴隶牛马，这是历史上何等的悲剧！我不否认享乐是人生应有的一部分，只是要看环境和时代。我们的苦还没有尽头呢！我们不愿意苦，敌人也还是要逼得我们苦的。"来日大难"，现在就是，何待来日？我们现在都应忏悔。我们且先从艰苦卓绝的力行里体会我们的思想，同时把我们坚强而有深信的思想放射到力行里面去。

以上的话，是我们互责的话，也是我们互勉的话。因为如果我脑筋里还有一格兰姆①知识的话，我或者也可以忝附于知识

---

① 格兰姆，克（gram）的音译。——编者注。

分子之列。我所犯的毛病同样地也太多了，不过我们要改造民族的思想的话，必定先要自己负起知识的责任来。尤其是在现在，知识分子对于青年的暗示太大了。我们对于青年现在最不可使他们失望，使他们丧失民族的自信心。我们稍见挫折，便对青年表示无办法，是最不可以的事。领导青年的知识分子尚且如此，试问青年心理的反应何如？我们要告诉他们，世界上没有没有办法的事，民族断无绝路，只要我们自己的脑筋不糊涂！知识是要解决问题的。知识不怕困难，知识就是力量。而且这种力量如此之大，凡是物质的力量透不进去的地方，知识的力量可以先透进去。知识的力量透过去之后，物质的力量就会跟着透过去。全部的人类文化史，可以说明我这句话。我们只要忠诚地负起知识的责任来，什么困难危险都可以征服！

顾亭林说道："天下兴亡，匹夫有责。"何况知识分子？他又说："有亡国者，有亡天下者。"他所谓"亡国"，是指朝代的更换；他所谓"亡天下"，是指民族的灭亡。现在我们的问题，是要挽回亡天下、亡民族的大劫。在这时候，知识分子如不负起这特别重大的责任来，还有谁负？我觉得我们知识分子今后在学术方面要有创作，有贡献，在事业方面要有改革，有建树。我们不但要研究真理，并且要对真理负责。我们尤其要先努力把国家民族渡过这个难关。不然，我们知识分子一定要先受淘汰，连我也要诅咒我们知识分子的灭亡！

（《新人生观》）

蒋梦麟（1886—1964），中国近现代著名教育家。1908 年赴美留学，1912 年从加州大学毕业，到哥伦比亚大学继续研修教育，1917 年获博士学位后回国。1919 年主编《新教育》月刊，同年任北京大学教育系教授兼总务长。1927 年任国民政府教育部长。1930 年任北京大学校长。1938 年任西南联大校务委员会常委。1941 年兼任红十字会中国总会会长。著有《西潮》《孟邻文存》《新潮》等。

个人之价值与教育之关系

蒋梦麟

教育有种种问题，究其极，则有一中心问题存焉。此中心问题惟何？曰做人之道而已。做人之道惟何？曰增进人类之价值而已。欲增进人类之价值，当知何者为人类之价值。然泛言人类之价值，则漫无所归。且人之所以贵于他动物者，以具人类之普通性外，又具有特殊之个性。人群与牛群、羊群不同。牛羊之群，群中各个无甚大别，此牛与彼牛相差无几也，此羊与彼羊相差亦无几也。人群之中，则此个人与彼个人相去远甚：有上智，有下愚；有大勇，有小勇，有无勇；有善舞，有善弈，有善射，有善御；皆以秉性与环境之不同，而各成其材也。故欲言人类之价值，当先言个人之价值。不知个人之价值者，不知人类之价值者也。人类云者，不过合各个人而抽象以言之耳。

陆象山曰："天之所以与我者，至大至刚，问尔还要做堂堂的一个人么？"此言个人之价值也。我为个人，天之所以与我者至大至刚，我当尊之敬之。尔亦为个人，天之所以与尔者，亦至大至刚，我亦当尊之敬之。个人之价值，即尔、我、他各个人之价值。识尔、我、他之价值，即知个人之价值矣。个人云者，与尔、我、他有切肤之关系。尊敬个人，即尊敬尔、我、他。非于尔、我、他之外，复有所谓抽象的个人也。

我国旧时之社会，由家族结合之社会也，故合君、臣、父、子、兄、弟、夫、妇、朋友为群。今日文明先进国之社会，由个人结合之社会也，故合尔、我、他各个人而成群。由家族结合之社会，其基础在明君、贤臣、慈父、孝子。由个人结合之社会，其基础在强健之个人。

何谓强健之个人？其能力足以杀人以利己者，乃强健之个人乎？曰，非也。杀人以利己，是病狂也。犹醉酒而胆壮，非胆壮也，酒为之也；其能力足以杀人，非能力大也，利诱之也。强健之个人，不当如醉汉之狂妄，而当若猛将之奋勇。

"天之所以与我者，至大至刚。"我当如猛将之临阵，奋勇直前，以达此至大至刚之天性，而养成有价值之个人。做人之道，此其根本。

此"至大至刚"者何物乎？曰凡事同于天者，皆"至大至刚"。卢骚曰："天生成的都好，人造的都不好。"此即承认人之天性为"至大至刚"。教育当顺此天性而行。象山曰："教小儿先要教其自立。"自立者，以其所固有者而立之，非有待于外也。

个人各秉特殊之天性，教育即当因个人之特性而发展之，且进而至其极。我能思，则极我之能而发展我之思力至其极。我身体能发育，则极我之能而发展我之体力至其极。我能好美术，则极我之能而培养我之美感至其极。我能爱人，则极我之能而发展我之爱情至其极。各个人禀赋之分量有不同，而欲因其分量之多少而致其极则同。此孔子所谓至善，亚里士多德所谓"summum bonum"（译即至善）。

个人之价值，即存于尔、我、他天赋秉性之中。新教育之效力，即在尊重个人之价值。所谓"自由"，所谓"平等"，所谓"民权""共和""言论自由""选举权""代议机关"，皆所以尊重个人之价值也。不然，视万民若群羊，用牧民政策足矣，何所用其"言论自由"？何所用其"选举权"乎？牧民政策，仁者牧之，不仁者肉之，牧之始，肉之兆。故牧民政策之下，个人无位置，尽群羊而已。共和政体之下，选举之权尽操于个人，此即尊重个人之价值也。政治因尊重个人，故曰共和，曰民权。教育因尊重个人，故曰自动，曰自治，曰个性。

我一特殊之个人也，尔一特殊之个人也，他一特殊之个人也。因尊重个人之价值，我尊重尔，尔尊重我，我与尔均尊重他，他亦还以尊重尔与我，我、尔、他均各尊重自己。人各互尊，又各自尊，各以其所能发展"至大至刚"之天性。个人之天性愈发展，则其价值愈高。一社会之中，各个人之价值愈高，则文明之进步愈速。吾人若视教育为增进文明之方法，则当自尊重个人始。

（《过渡时代之思想与教育》）

梁启超（1873—1929），字卓如，号任公、饮冰室主人。广东新会人。20世纪初中国新旧交替时代著名政治活动家、启蒙思想家、教育家、史学家和文学家，戊戌变法领袖之一，民国初年清华大学国学院四大导师之一。梁启超学术研究涉猎广泛，在哲学、文学、史学、经学、法学、伦理学、宗教学等领域均有建树，以史学研究成就最大，被公认为中国近代史上百科全书式的人物；其著作后被合编为《饮冰室合集》。

教育应用的道德公准

梁启超

主席、诸君，我今天晚上有机会同诸位见面讨论，是一件很荣幸的事体。我在南京这几天时间很短促，东南大学那边又担任有演讲，所以没有工夫预备。今天晚上实在没有什么重要的话可以贡献诸君，现在所欲同诸君研究的，就是刚才主席所报告的题目"教育应用的道德公准"。

现在不是人人都说世道衰微，人心不古，道德有堕落，真有江河日下之势吗？这不单是中国如此，欧美各国亦是免不了的。他们觉得人类的道德越古越好，到了现在，总不免要每况愈下的。或者说，道德和科学及物质文明是成反比例的：科学越发达，物质文明越进步，道德就要堕落和退步的。现在有许多人都有这种感想。但是，诸君，现在的道德果然是堕落吗？或者朝他一方面进化呢？假如现在的道德是果真堕落，应当用什么方法去救济它呢？欲解决这两个问题，非得先定一个道德的公准不可，欲定道德的公准，须先知道公准之意义。

什么是公准呢？就是公共的标准，"权然后知轻重，度然后知长短"。欲知道德的够不够，要先知道怎样的道德才是够。果真不够了，用什么方法去补足它，这样非得有个尺斗不行。所以研究道德的公准这问题，是很重要的。但是道德毕竟有公准没有呢？大概古来主张道德有公准的学说很多。譬如中国旧学说便是主张道德有公准的，所说"日月经天，江河行地""质诸鬼神而无疑，建诸天地而不悖""放之四海而皆准"此类的话，都足以证明中国道德是有公准的。西洋各国崇拜基督教的，都以基督的道德为准则，合于基督所言所行的，无论何时何地都可以通行。欧洲如此，美洲亦是如此。所以无论中外，在一百年以前，都主张道德有公准的。不过近来因科学和哲学自由发展的结果，就有一派的学说，不认道德是有公准的。他们以为道德是随时随地演进变迁的，所谓放诸四海、行之百世不生弊害的，是靠不住的。譬如基督教《旧约圣经》说："人欲杀他的长男，做上帝的牺牲。"这算是道德。设使他爱惜他的儿子，不肯献给上帝，那就是不道德了。但是在现在看来，杀人做牺牲到底是道德还是不道德呢？又如欧美女子社交自由，男女交际算不得什么。从前中国女子深居简出，从不许抛头露面在外边走的。现在在座诸位，一半是女子，当着这深夜和男子杂坐一堂，这岂不是道学先生所谓极不道德的事体吗？但是诸位自己想想，诸位今天是道德还是不道德呢？设使我今天说你们是不道德，这不是笑话吗？诸如此类，可见道德应该因时制宜，随机应变，不宜用什么公准去束缚它，以致失掉道德的真相，阻碍道德的进步。这一派的学说主张道德没有公准的，都是持之有故，言之成理。但是依我个人的意见，道德应有公准为是。因为假使道德没有公准，道德的自身便不免蹈空，陷落虚无。人生在世界上，无论对己对人，都毫无把握，所以我主张有公准说。

既然道德要有公准，我们用什么方法去找出这公准来呢？如此不可不先定一公准之公准，譬如道德的公准是一丈或八尺。但是怎样定这公准之公准就是一丈或八尺呢？音乐的公准是音符，音符是由黄钟之宫定的，所以这黄钟之宫就是音乐公准的公准；长度的公准是公尺，就是"米突"，这米突乃是取自巴黎子午线自地球之赤道至北极，分作一千万分之一，这一千万分之一便是米突的公准，便是公准的公准。道德的公准的公准是什么呢？依我看来，道德的公准至少有三个条件：

（一）道德是要永久的，无所谓适于古者不适于今，合于今者不合于后的，好像牺牲长子献给上帝，在古时是道德，在现在是不道德。

（二）道德是要周遍的，能容涵许多道德的条目，并不相互发生冲突。

（三）道德是对等的，没有长幼、贵贱、男女之分，只要凡是人类都要遵守的，依照它去做便是道德，不然便是不道德。

依照上面所说的三个条件看来，可见我们修身教科书里面所说的，和历来传袭的伦理观念，能够合于第一条的，未必能够合于第二条。譬如父子、君臣之间，父施之子，君施之臣，是道德的；子若同样地反报之父，臣同样地反报之君，便是大逆不道。这样自然不能做道德的公准。

道德公准的条目越少越好，那些主张道德有公准的，常常被那主张无公准的人所驳倒，便是因为繁文缛节，条目太多，所以往往不能自圆其说，这是很危险的。所谓道德者，须人人竭诚信奉，可以反求诸己，施诸他人，此心泰然，所向无阻，否则难免良心之责备，为社会所不容。如此，道德的权威方能存在；不然，无论你多大的力量，亦是不能维持的。

我们中国的老前辈常常叹惜我们中国道德日渐堕落。他们硬把二十年前的道德观念，琐琐屑屑地责备我们，强迫着我们去行。结果依然行不通，或者不能自圆其说。一般的人便以为不能行，悍然不去行了；或是冒着道德的招牌，干那些不道德的事，这不更糟了吗？所以我们现在要讲道德的公准，万万不能把从前琐琐屑屑的条目责备现在的人，只宜从简单入手。条目越少，遵守较易，道德的权威便易养成。无论何人，违犯了这公准，便免不了受良心的责备和社会制裁。故道德的公准，不可没有，又不可过多，而最普遍最易遵守的道德公准不外下列四条：

（一）同情——反面是嫉妒。

（二）诚实——反面是虚伪。

（三）勤劳——反面是懒惰。

（四）刚强——反面是怯弱。

上述四者，无古今中外之分，随时随地都应遵守的。四者包含很广，却并无不相容纳，且是对等的重要。即就同情心而论，非谓父可不必慈，子却必孝；君不必待臣以礼，臣必须事君以忠。本国人对本国人，固然应该敬爱，便是本国人对外国人，何尝不应如是呢？小孩固应诚实，长成了后，难道便可以说谎欺诳吗？做老爷的固然应该勤勤恳恳去做，老太爷和少爷便可以坐吃享福吗？就是刚强一项，亦非谓某种人是应该刚强，某种人可以不必的。

用以上四种做道德公准，一定能行的，因为道德的目的不外下述二者：

（一）发展个性。

（二）发展群性。

凡是一个人不能发展他的个性，便是自暴自弃。孔子说："惟天下至诚，为能尽其性，能尽其性，则能尽人之性。"这尽人之性，便是一个人处着特殊的地位，将固有的特色尽量发挥。这才不辜负我们的一生。而人生在世界上所以能够生存，不光是恃着个人，尤贵在人与人的关系，这就是群。我们家庭至小的单位是夫妇，大之有父子兄弟，在邻里有乡党，在学校有同学，在工厂同事，在国家有国人。所以一方面我们要发展个性，他一方面又要发展群性，能够如此，才算是有了高尚的道德。

（一）同情。世上一切道德的根源，都起于爱同情心，相爱是万善之根，相妒是万恶之源。就是最高尚的互助和博爱，亦是由于同情所产生的。孟子说，"恻隐之心，仁之端也"，这不是说恻隐就是仁，但它是仁之端。同情比较恻隐尤其宽大，恻隐不过是因人的苦痛生出怜惜的意思。同情不但是怜惜人的苦痛，而且是与人同乐的。

嫉妒争斗是万恶之源，而同类相残几乎成了世上普遍的通病。人为万物之灵，这罪恶是尤其大的。你看资本家、老爷们，哪个不吃人肉、吮人血呢？因妒的结果，家庭内姒娌不和，兄弟阋墙；一国里头两党执政，互相排挤；国与国之间，生出许多战事。世界许多罪恶，都是妒字造成的。这样看来，可见同情是道德，嫉妒是罪恶。拿这公准去批评道德，可知古今中外所主张的极端狭隘的爱国论，亦是不道德。此外如同阶级战争，就是平民与贵族的战争、劳工与资本家的冲突等等，好处固然不少，而根源于嫉妒，借端报复，仍为不道德。

（二）诚实。诚实为道德，虚伪为罪恶，用不着解释，各宗教都如此说，早已成为公准了。但是各宗教究竟有虚伪性没有呢？基督徒能够真不虚伪的有几个呢？大概总免不了做面子的。和尚、道士尤其如此。伪的道德在社会上早已成为有权威的了。中国何尝不讲诚实呢？设使社会上不带几分假，终是行不通，甚且说你是不道德。譬如父母死了，哀恸是人情之常，但是哀恸亦是因人不同，且不必整天地在那里哀恸。晋朝嵇康父母死了，每天吃饭喝酒，同平常一样；但是他伤心起来，便号啕大哭，哭过了后，浑身变色。不过他不但没有挨饿，反而饮酒，这在道德上有什么妨碍呢？现在的人，父母死了，必要卧苦枕块，穿麻扶杖，才算哀恸。设使一个人不卧苦枕块，穿麻扶杖，却披上一件大红绣袄，他虽然哀恸到十二分，社会就责备他说他不孝、不道德。反之，他纵然毫无哀恸，而穿上麻服，社会亦就无言可说，这不是社会奖励虚伪吗？欧美各国亦是如此，明知故犯的很多，知道诚实当行，而不能行的更是不少。

（三）勤劳。古人有说："万恶淫为首，百善孝为先。"我却欲改窜着说："万恶惰为首，百善勤为先。"因为上帝创造世人并不是他开了面包铺销售不了，给我们白吃的。世上无论何人，勤劳是他的本分。设使他不劳作而吃饭，便是抢劫侵占。一切虚伪嫉妒，种种罪恶，因此而起。但是历来宗教家和政治家，到底是奖励勤劳还是奖励懒惰呢？释迦牟尼削发入山，四十九年苦行救世，每天只吃中饭，而教人不倦。他是勤劳可嘉的。和尚就绝对不同了，他们整天静坐入定，无所事事。静坐入定好不好是另一个问题，但是他们享受清福，我们这般俗子，劳劳碌碌做什么呢？耶稣基督是勤劳，基督教徒便不然了。罗马教皇乃是天下一个顶懒惰的人。孔子学不厌，诲不倦，他是个很勤劳的人。后来的儒生，读了"四书""五经"，便借以骗钱做官，下焉者无恶不作，上焉者清廉自守。然人不是石狮子，可以坐着不吃，光是清廉自守还是不够，所以要学孔子的不懒惰，然而这样人很少。宗教如此，政治亦然。祖宗立了功勋，子孙可以世袭封爵，祖宗的遗产可以传留子孙，子孙便可以安坐而食，这不是政治奖励懒惰吗？懒惰已被世人承认为罪恶，而政治、宗教反而奖励之，可谓是孟子所说的"无是非之心"了。

（四）刚强。人生在世光是能够勤劳还不够，因为一个人如需发展个性或群性时，不能天天都走平坦的道路上，有时不免要向崎岖狭隘的路走走。平路固然可恃我们平常的力量去行，设使遇着艰难的路，足以妨碍及侵害我们的发展时，独力不克制服，则种种道德学问不免被困降伏。一个人尽管你五十九年有道德，临了六十那一年失了刚强的能力，不能持下去，便是不道德了。一个人有了刚强的能力，凭你有多大的压力，要我行虚伪不诚实，便抵死不干，勤劳亦是这样。凡人欲能护卫自己，不使堕落，非恃刚强不行。

以上所述的四种公准能够看得透，体得切，每天的言语行动都照着去做，事事都求合乎公准，社会的批评亦把这四种做标准，合的为道德，不合为不道德，教育界亦不必多言费事，只要牢牢记住。我们欲看教育的进步与否，只看被教者能遵守此四者与否。

十一年在南京金陵大学演讲

（《梁任公白话文钞》）

梁启超（1873—1929），字卓如，号任公、饮冰室主人。广东新会人。20 世纪初中国新旧交替时代著名政治活动家、启蒙思想家、教育家、史学家和文学家，戊戌变法领袖之一，民国初年清华大学国学院四大导师之一。梁启超学术研究涉猎广泛，在哲学、文学、史学、经学、法学、伦理学、宗教学等领域均有建树，以史学研究成就最大，被公认为中国近代史上百科全书式的人物；其著作后被合编为《饮冰室合集》。

教育与政治

梁启超

一

教育是什么？教育是：教人学做人——学做现代人。

身子坏了，人便活不成或活得无趣，所以要给他种种体育；没有几件看家本事，就不能养活自己，所以要给他种种智育。其他一切教育事项虽然很复杂，目的总是归到学做人这一点。

人不是单独做得成，总要和别的人连带着做。无论何人，一面做地球上一个人，一面又做某个家族里头的父母或儿女、丈夫或妻子，一面又做某省某县某市某村的住民。此外因各人的境遇，或者兼做某个学校的教师或学生，某个公司的东家或伙计……尤其不能免的是无论何人，总要做某个国家的国民。教育家教人做人，不是教他学会做单独一个人便了，还要叫他学会做父母、做儿女、做丈夫、做妻子、做伙计……乃至做国民，因为不会做这种种角色，想做单独一个人决然是做不成的。

各种角色里头的一种角色——国民，在从前是顶容易做的，"日出而作，日入而息，凿井而饮，耕田而食。"只要学会做单独一个人，便算会做国民，倒也一点不费事。为什么呢？因为国家表现出来的活动是政治，政治是圣君贤相包办的，用不着国民管。倘若能永久是这么着，我们倒不必特别学会做国民才算会做人。如今可不行了，漫说没有圣君贤相，便有，也包办不了政治，政治的千斤担子已经硬压在国民肩膀上来了。任凭你怎么地厌恶政治，你总不能找一个没有政治的地方去生活，不生活于良政治之下，便生活于恶政治之下。恶政治的结果怎么样呢？哈哈，不客气，硬叫你们生活不成。怎样才能脱离恶政治的灾难呢？天下没有便宜事，该担担子的人大家都把担子担上，还要学会担担子的方法，还要学会担担子的能力。换句话说，一个一个人，除了学会为自己或家族经营单独生活所必要的本领外，还要学会在一个国家内经营共同生活所必需的本领。倘若不如此，只算学会做半个人，最高也只算得古代的整个人，不算得现代的整个人。教育家既然要教人学做现代的整个人，最少也须划出一部分工夫教他们学会做政治生活。

今天讲演的标题是"教育与政治"。诸君别要误会了，以为我要劝国内教育家都抛弃本业来做政治活动，以为我要劝各位教师在学校里日日和学生高谈政治问题，以为我希望各学校教出来的学生个个都会做大总统、国务员或议员。这些事不惟做不到，而且无益，不惟在教育界无益，而且在政治界也无益。
今日所最需要的：

一，如何才能养成青年的政治意识。

二，如何才能养成青年的政治习惯。

三，如何才能养成青年的判断政治能力。

三件事里头，尤以第二件——养成习惯为最要而最难。这
三件事无论将来以政治为职业之人，或是完全立身于政治以外
的人，都是必要的。我确信这不但是政治上大问题，实在是教
育上大问题，我确信这问题不是政治家所能解决，独有教育家
才能解决。今日所讲，便专在这个范围内请教诸君。

二

政治不过团体生活所表现各种方式中之一种，所谓学政治
生活，其实不外学团体生活。惟其如此，所以不必做实务的政
治才能学会政治生活；惟其如此，所以在和政治无关的学校里
头，很有余地施行政治生活的教育。

今请先说团体教育生活的性质。团体生活是变迁的、进化
的，在古代血族团体或阶级团体里头，只要倚赖服从，便也生
活下去。他们的生活方法是不必学的，自然无所用其教育。无
奈这类团体在现代是站不住了。现代的团体不是靠一两个人支
持，是要靠全部团体员支持。质而言之，非用德谟克拉西方式
组成的团体，万万不能生存于现代；非充分了解德谟克拉西精
神的人，万万不会做现代的团体生活。因此，怎么样才能教会

多数人做团体生活，便成了教育上最困难、最切要的问题。

中国现在有一种最狼狈的现象是，事实上已经立于不能不做现代团体生活的地位，然而这种生活，从前实在没有做过。换句话说，几千年传下来的社会组织，实在有许多地方和德谟克拉西精神根本不相容。在这种社会组织底下生活惯了的人，一旦叫他做德谟克拉西生活，好像在淡水里生长的黄河鲤鱼，逼着它要游泳到咸水的黄海，简直不知道怎么过法。还有一个譬喻，可以说今日的中国人，正是毛虫变蝴蝶时代，用一番脱胎换骨工夫能够变得成，便是极美丽极自由的一只蝴蝶，如其不然，便把性命送掉了。我们今日各个人都要发愤学做现代的团体生活，如其不肯学或学不会，不惟团体哗喇下去，便连个人也决定活不成。今日中国最大的危险在此。

现代团体生活和非现代团体生活——即德谟克拉西生活和反德谟克拉西生活分别在哪里呢？依我所见，想做现代团体生活，最少要具有下列五个条件：

第一，凡团体员各个都知道团体是自己的——团体的事即是自己的事，自己对于团体该做的那一部分事诚心热心做去，绝对不避嫌、不躲懒。

第二，凡团体的事绝对公开，令各个团体员都得有与闻且监督的机会。

第三，每一件事有赞成反对两派时，少数派经过充分的奋斗之后仍然失败，则绝对地服从多数，断不肯捣乱破坏。

第四，多数派也绝对地尊重少数派地位，令他们有充分自由发表意见的余地，绝不加以压迫，而且绝对地甘受他们监督。

第五，各个团体员对于各件事都要经过充分的考虑之后凭自己良心表示赞否，绝对地不盲从别人，更不受别人胁迫。

这五个条件，无论做何种团体生活，都要应用，应用到最大的团体——即国家时，便是政治生活。拿这五个条件和我前文所讲三种需要比对，第一项属于政治意识，第二、三、四项属于政治习惯，第五项属于判断政治能力。

三

这五个条件，从今日在座诸君的眼光看来，真算得老生常谈。但我们须要知道，这点点子常谈，中国人便绝对地不能办到，不惟一般人为然，即如我们在座的人自命为优秀分子、智识阶级的，怕也不能实践一件。我们又要知道，现代中国人为什么在世界舞台上变成"落伍者"，所欠就在这一点点；十年来的政治乃至其他各种公共事业为什么闹得一塌糊涂，病根就在欠这一点点。

如今先说第一个条件。我们向来对于团体的事是不问的，这原也难怪，因为我们相传的习惯，并没有叫多数人问事。一家的事，只有家长该问，一国的事，只有皇帝该问。我们若安心过这种生活也就罢了，无奈环境不许我，已经逼着要做人人问事的协同生活。我们承认要往新生活这条路上走，却抱持着旧生活抵死不肯放，无论何时总是摆出那"老不管事"的脸孔来。政治上的事且慢说，即如一个公司的股东，公司和他自己本身的关系不是最密切吗？试问有哪个公司开股东会的时候，多数股东热心来问公司的事？除非是公司闹出乱子来，股东着急跳一阵，却是已经贼去关门来不及了。对于财产切己关系的公司尚且如此，对于国家政治更何消说。人人都会骂军阀、骂官僚、骂政客，这种恶军阀、恶官僚、恶政客何以不发生于外国而独发生于中国？他们若使在外国，便一天也不能在政治上生存。他们能够在中国政治上生存，惟一的保障，就是靠那些老不管事的中国百姓纵容恩典，骂即管骂，不管还是不管，做坏事的还是天天在那里做。倘若这种脾气不改过来，我敢说一切团体事业永远没有清明成立的一日。我并不是希望教育界的人常常放下书本东管这件西管那件，但我以为教育家对于团体员不管团体事这个毛病要认得痛切，要研究这毛病的来源在哪里，要想出灵效的药来对治它，令多数人在学校时代渐渐地把这坏脾气改过来，这是目前教育家第一大责任。

第二个条件讲的公开。凡一个人立在可以做坏事的地位，十个有九个定要做坏事。做坏事的人，十个有十个定要秘密，和他说"请你公开，请你公开"，那是不中用的。最要紧是令他没有秘密的余地，令人人知道团体生活中的秘密行动便是罪恶，犯这种罪恶的便不为社会所容。那么，这位秘密魔王自然会绝迹了。怎么样才能养成这社会信条，又是教育家一个大责任。

第三、第四项讲的是多数派、少数派相互间的道德。这是现代团体生活里头最主要的骨骼，也是现在中国人最难试验及格的一个课题。中国人无论何事，不公开，他便永远不问了。

一旦公开起来，不是多数派专横，便是少数派捣乱。这种实例，不消我举例列举，诸君但闭着眼想想历年国会、省议会以及其他公私大小团体开会时，哪一回不是这种状况？若使这种状况永远存续下去，那么，老实不客气，我们中国人只好永远和议会制度和协同生活绝缘。试看，欧美议会里头的普通现象何如？他们的少数派常常以两三个人对于敌派几百人堂堂正正提出自己的主张，不屈不挠。（最显著的例如英国国会自十九世纪初年起提出普通选举案，连发案带附议不过两人，一回失败，次回提出，原案几乎不易一字，每提一回，必有一回极沉痛的演说，如此继续十几年，后来赞成这主张者年年加多，卒至成了自由党的党纲，变成国会的多数派。）依我们中国人眼光看来，绝对无通过希望的议案，何苦提出，他们的看法却不如是。他们纯以"知其不可而为之"的精神勤勤恳恳做下去，慢慢地唤起国民注意，引起国民同情，望收结果于几十年以后。他们先安排定了失败才去活动，失败之后，立刻便服从多数，乃至仅差一票的失败，一样地安然服从。像我们中国人动不动相率退席或出其他卑劣手段破坏议案的举动，从来没有听见过。（最显著的例如德国革命后制定宪法，独立社会党有许多地方根本反对原案，及至多数通过之后，他们宣言良心上虽依然反对，为促成宪法起见，事实上主张绝对服从。）他们多数派的态度又怎么样呢？他们虽然以几百人的大党对于两三个人的小党，也绝对尊重对面的意见，小党所提议案，从没有设法压阁，令他提不出来。小党人演说议案理由的时候，大党的领袖诚心诚意地听他，一面听一面把要点用铅笔择记，等他演完后诚心诚意地起来反驳。从没听见过凭恃大党威力妨害小党发言，从没听见过对于小党发言存丝毫轻蔑。依我们中国人眼光看来，绝对不会通过的议案，何苦费那么大的劲去反驳，他们的看法却不如是。他们以为必须经过堂堂正正的大奋斗之后所得胜利才算真胜利。他们的少数派安心乐意把政权交给多数派，自己却立于监督地位，多数派也安心乐意受少数派的监督。（最显著的例如英国审计院长一定由政府反对党首领做。）他们深信政策之是非得失是相对的，不是绝对的，甲党有这样的主张，乙党可以同时有恰恰相反的主张，彼此俱能代表一部分国利民福。甲党得政时施行这一部分国利民福，乙党得政时又施行那反面一部分国利民福，彼此交迭得几次，便越发和总体的国利民福相接近。他们在光天化日之下彼此互相监督，万不会有人能借国利民福名义鬼鬼祟祟地营私舞弊。他们所有争斗，都是用笔和舌做武器，最后的胜利是专靠社会为后援。总而言之，他们常常在两造对垒的状态之下。他们的对垒争斗有确定的公认信条，这种信条并不是一条一条地印在纸上，乃系深入人人脑中成为习惯，有反背的自然内之受良心制裁，外之受社会制裁。他们做这种争斗活动和别的娱乐游戏一样，感觉无穷趣味。他们凡关于团体生活，无论大大小小，总是用这种精神做去，政治不过这种生活的放大。

　　以上不过就我所想得到的随便说说，自然不足以尽现代团体生活的全部精神。但即此数端，也可以大略窥见所谓德谟克拉西者并不是靠一面招牌、几行条文可以办到，其根本实在国民性质、国民习惯的深奥处所。我们若不从这方面着实下一番打桩功夫，那么，无论什么立宪、共和，什么总统制、内阁制，什么中央集权、联省自治，什么国家主义、社会主义，任凭换上一百面招牌，结果只换得一个零号。因为这种种制度，不过是一个"德谟克拉西娘胎"所养出来几个儿子。娘不是这个娘，儿子从哪里产出？又不惟政治为然，什么地方结合、职业结合、慈善结合、公司组织、合作组织……都是跟着一条线下来，德谟克拉西精神不能养成，这种种举动都成了庸人自扰。倘若中国人永远是这么着，那么，从今以后只好学鲁敏逊在荒岛里过独身生活，或是卖身投靠一位主人，倚赖他过奴才生活，再别要想组织或维持一个团体，用团体员资格过那种正当的自由生活。果然如此，我们中国人往后还有日子好过吗？我们既已不能坐视这种状况，那么，怎样的救济方法自然成为教育上之大问题。

四

我们种种反德谟克拉西的习惯都是从历史上遗传下来，直到现在还是深根固蒂。但是，若说中国人没有德谟克拉西本能，我们总不能相信。因为人类本能总不甚相远，断没有某种人所做的事别种人绝对地学不会。况且从前非德谟克拉西的国民现在已经渐渐脱胎换骨的，眼面前就有好几国可为例证。我根本信中华民族是不会被淘汰的民族，所以我总以中华民族有德谟克拉西的可能性为前提。不过这种德谟克拉西本能被传统的社会组织压住，变成潜伏的状态。近十年来，这种潜伏本能正在天天想觅个石缝进出，青年里头为尤甚。可惜从前教育方针太不对了，它的精神几乎可以说是反德谟克拉西的，这潜伏本能有点萌芽，旋被摧折，或者逼着它走到歧路去。我想只要教育界能有彻底觉悟，往这方面切实改良，则从学校里发展这种潜伏本能是极易的事。从学校发展起来，自然便会普及全社会了。

从学校里养成德谟克拉西的团体生活习惯——尤其政治习惯，当以英国牛津、剑桥两大学为最好模范。这两校的根本精神，可以说是把智识教育放在第二位，把人格教育放在第一位。所谓人格，其实只是团体生活所必要的人格。据我所观察，这两校最长的特色有三：

第一，他们不重在书本教育而专注意于实生活，令学生多从事实上与人接触。所谓事实上接触者，还不是讨论某个事实问题，乃是找一件实事去做。所以他们的学校生活，可以说做事时间占去一半，读书时间只占得一半。就这一点论，和中国过去、现在的教育都很不同。中国过去的教育只能养成书呆子或烂名士，完全迂阔于事情，或好为乖僻脾气与人立异，又疏懒不好问俗事。现在所谓新教育办了那么多年，但这点老精神完全未改，总说学问只有读书，读书便是学问，结果纵然成绩很好，也不过教出无数新八股家来。所以高等学校以上之教育方针，非从这点特别注意不可。

第二，每学生总认定一种体育。凡体育——如赛球、竞渡等类，非有对手两造不能成立，而且两造又必须各有其曹耦。因此养成团体竞争之良好习惯，自能移其竞争原则于政党及各种团体生活。

就这一点论，我忽然联想起中国古代学校中最通行的习射。孔子说："君子无所争，必也射乎……其争也君子。"孟子说："……发而不中，不怨胜己者。"凡射必有耦，两造各若干人对立，严守规则为正当之竞争，争的时候一点不肯放松，失败过后却绝不抱怨对手。这种精神用在团体竞争真好极了。我们古代教育是否有这种意识，且不必深求，至于英国人之如此注意体育，我们确信他的目的不单在操练身体，实在从这里头教人学得团体生活中对抗和协同的原则。所以英国人对于政治活动感觉极浓厚的趣味，他们竞争选举乃至在国会议场里奋斗，简直和赛球无异。这是教人学团体生活的最妙法门，我们应该采用他。

第三，他们的大学是由十几个 college 合成的，他们的教员、学生组织无数 society，更有各校联合的 union society，俨然和巴力门①同一形式。他们常常把政治上实际问题为具体的讨论，分赞成、反对为极庄重的表决。

就这一点论，他们是采半游戏半实习的方法，令学生随着趣味的发展，不知不觉便养成政治上之良好习惯。

以上所说三种特色，近来各国大学亦多有仿效，内中如美

---

① 巴力门，国会（parliament）的音译。——编者注。

国，尤为能变通增长，然而精神贯注，终以牛津、剑桥两校为最。我们中国对于这种团体生活习惯太没有了，应该特别助长它。所以我主张大学及高等专科，多要采用这两校的精神，大都市如北京、南京、上海等处，学校渐渐多了，宜赶紧用 union 的组织把这种精神灌输进去，行之数年，必有成效。

中学以下的教育，也该想方法令它和实际的团体生活日相接近。依我想，第一件，注意所谓公民教育，把课本悉心编好了，热心令它普及；第二件，在教员监督指导之下奖励学生自治会。这种理想近来倡导的很多，不必我再详细说明理由，但我希望它不终于理想，赶紧实行才好。

五

所谓"在教员监督指导之下奖励学生自治会"这件事，还要格外郑重说明。

我刚才说中学以下应该如此，这原是一个原则，因为中学以下学生未到成熟时期，一面要奖励他们自动的自治，一面非有前辈带着他们上正轨道不可。高等专科以上学生，差不多要成熟了，本来纯粹地让他们自由活动最好，但因为中国人团体生活的底子太没有了，从前的中学又办得不好，学生没有经过相当之训练，让他们纯粹自由活动，恐怕不见得便有好成绩，结果甚至因噎废食。所以高等专科以上的团体生活实地练习，应否仍参加教员的监督指导，我认为在目前还是一个问题。

现在各学校中陆续模仿欧美学生团体生活的确已不少，就大端论，总算好现象，但亦往往发生毛病。其原因皆由旧家庭和旧社会积习太深，把种种劣根性传到学校，学校中非用防传染病手段随时随事堵截矫正不可。我请随便举几个例。

我曾听见某小学校某级有一回选举班长，那班里头十五六岁以上的很不少，结果他们举出个九岁小孩子来，闹得那小孩子不知所措在那里哭；又听见某大学有一回选举足球队长，开票的结果，当选的乃是一位跛脚学生。这等事看着像是年轻人一时淘气，没有多大罪过，其实是中旧社会的毒中得太厉害了。他们把极郑重的事当作玩意儿，还加上一种尖酸刻薄的心理表现，和民国二年选举总统时有人投小阿凤的票正是一样。这种把正经事不当一回事的劣根性，正是我们不会做现代团体生活的最大病原。这种腐败空气侵入学校里来，往下简直无办法。

近几年来，各学校差不多都有学生会了。据我所闻，大率每个会初成立时，全校都还热心，渐渐下去，会务总是由几位爱出风头的人把持，甚至或者借团体名义营些私利，好学生一个一个的都灰心站开了。这种现象，各校差不多如出一辙，乃至各校各地联合会也是这样。这种我以为不独是各种学生会前途可悲观的现象，简直是全国民团体生活前途可悲观的现象。我不责备那些把持的人，我要责备那些站开的人。坏人想把持公事本来是人类普通性，所恃者有好人和他们奋斗，令他们把持不来。好人都厌事不问，消极地归洁其身，便是给坏人得志的机会，现在中国政治败坏的大根源就在此。这种名士心理侵入青年脑中，国家前途便真不可救药了。

在合议场中多数专横或少数捣乱也是近来青年团体最普通的现象。例如，每开会时动辄有少数人预料自己主张不能通过，则故意扰乱秩序，令会议无结果而散。这于团体竞争原则太不对了。凡有两种意见对立时，一定有一个多数一个少数，若到了少数时便行破坏，你会破坏，人家也会破坏，结果非闹到所有议案都不成立不止。那么，便等于根本反对合议，根本不承认团体生活。

多数专横举动，其卑劣亦与少数捣乱正同。例如前两年闹罢课闹得最凶时，几于无论哪个学校，都不叫反对派有发言之余地，有反对的便视同叛逆。此外类似的先例还有许多，这也是中国人很坏的习性。须知天下事是非得失原是相对的，就算我所主张有八九分合理，也难保反对派主张没有一二分合理，最少也要让他把理由充分说明，我跟着逐条辩驳，才能令他和中立者都心服。至于因意见不合，丑词诬蔑对手的道德，尤为不该。须知凡尊重自己人格的人，同时也要尊重别人人格，不堂堂正正辩论是非，而旁敲侧击中伤对手，最是卑劣。如此则正当的舆论永远不会成立，逼着少数派人软薄的便消极不管，强悍的便横决破坏，便永远不会上团体生活的轨道。

要而言之，两三年来，德谟克拉西的信仰渐渐注入青年脑中，确是我们教育界惟一好现象。无奈只有空空洞洞的信仰，全未理会到它真精神何在，对于实行所必要的条件越发不注意，而过去遗传和现在环境所造出之恶习惯势力又异常猖獗。所以刻意想做德谟克拉西生活，结果或至适得其反，久而久之，不惟授旁人口实，连最热心信仰的青年自己也疑惑懈怠起来。据我看来，这种反动已见端了，再往下去，恐怕连这点萌芽都摧残净尽。这不但学界的大不幸，真是中国前途大不幸了。

然而种种毛病，不能专责备学生。我刚说过，习惯是由过去遗传和现在环境造成，全国青年本来长育于这种恶习惯之下，而当教育之任者又始终未尝向这方面设法改良，试问新习惯从何成立？何况先辈的人——如现充议员及其他团体员者正在日日造出恶榜样给他们看，以富于模仿性的青年，安得不耳濡目染与之俱化呢？讲到此处，那担子却全加在教育家的肩膀上了。

依我所见，现时提倡学生自动的自治，作为将来政治生活乃至一切团体生活的实地练习，这是时代最急迫的要求，毫无疑义的。但在教育界立身的人，不能说空空提倡便算塞责，务要身入其中，随时随事做最公平、最恳切的指导，不惟中学以下应该如此，恐怕高等专科以上也应该如此。换句话说，学校除却书本教育之外，最少要分出一小半时候做实生活教育，最要紧的关键是教职员和学生打成一片，做共同的实生活，一面以身作则，一面对于不正当的习惯加以矫正，庶几乎把学生教成会做个人——会做个现代人了。至于教职员怎样才能指导学生，又是问题中之问题。倘若教职员自身先自不了解德谟克拉西精神，先自有许多反德谟克拉西的恶习惯，那就不如不指导也还好些。既已不能没有人指导，而又不能得人指导，那么，前途真不可问。唉，只好看教职员自身的觉悟和努力何如了。

六

以上都是从养成习惯方面说。还有养成判断能力这一件事，要为最后的说明。

没有好习惯，则团体协同动作根本不能存在，前头大略都说过了。然而不能说单有好习惯便够，因为团体的行动既已由团体员意思决定，决定的对不对，实与团体的利害存亡有绝大关系。例如有一个国民在此，他们对于少数服从多数的习惯确已养得甚好，但他们绝对无判断能力。忽然间因为一件不相干的事，有人主张和外国宣战，群众一哄而起，他们并没有计算自己有理无理，没有计算战后的利害如何，贸贸然把案多数或全体通过了，立刻便实行。你说他违反德谟克拉西原则吗？不然。然而结果会闹到亡国。历史上这类事情很不少，中国为尤甚。在专制时代，遇着昏聩糊涂的君主或家长，因为他一个人缺乏判断能力，可以闹到国亡家破。在德谟克拉西时代，遇着昏聩糊涂的国民，因为多数人缺乏判断能力，也会得同一的结果。所以如何才能养成判断能力，又是团体生活教育上一个重要问题。

团体生活事项是极复杂的，且多半是临时发生的。其中如政治事项，尤为什有九属于专门智识，要想在学校里教人逐件逐件都会判断，天下万无是理。教育的天职，只要养成遇事考虑的习惯，而且教人懂得考虑的方法，自然每一事临头，自己会拿出自己的主张；或者自己本无成见，听了两造辩驳的话便能了解它、判断它。即如美国历来的政治问题——从前之用金、用银，近年之国际联盟、非国际联盟等等，不是专门经济学者、国际学者，如何能有判断两造是非得失的能力？然而他们确是经过国民全体的判断。为什么临时能判断呢？都是平时受教育得来。

这种教育有两要点。第一，是养成遇事考虑的习惯，必要有事可遇，然后得有考虑的机会。方才讲牛津、剑桥的教法，专叫学生从实务上与人接触，就是令他们常常有事可遇。事的性质虽然有许多分别，明白事理的途径并无分别，只要经事经得多，便连那没有经过的事也会做了。所以，除讲堂教授之外，还要有种种实生活教育，便是养成判断能力的绝好法门。然则讲堂教授绝对无益吗？又不然。我所说第二要点——教人懂得考虑的方法，却可以有大半从讲堂教授得来。天下惟不肯研究的人才会盲从，凡事只要经过一番研究，多少总有点自己意见发现。这点意见，就名之曰判断。学理上的判断如此，事理上的判断也是如此。教授一科学问，并不是教学生把教师所讲牢牢记得便了，注重地在教他们懂得研究这门学问的方法，然后多发问题令他们自己去研究。越研究得多，判断力自然越丰富；越研究得精，判断力自然越深刻。譬如研究自然科学，研究哲学，研究考古学，总算和政治风马牛不相及了吧？但那人若果有研究的真精神，到一个政治问题临到他头上时，他自然会应用这精神去判断，而且判断得不甚错谬。欧美受过相当教育的人，都能对于实际问题有独立判断能力，就是为此。倘若守着旧式的注入教育，这种效果便永远不能发生了。

七

我今日讲这个题目的意思，因为我感觉近来教育界对于智识开发方面虽已渐渐革新进步，对于性格训练方面还未甚注意。就性格训练方面论，又是注重个性多，注重群性少，而且都是理论，未尝定出一种具体方法大家实行。我望希本社同人对于团体生活教育——即政治教育特别注意，商量一个训练方针，急起直追去实行，我不胜大愿。

十一年七月二日在济南中华教育改进社年会讲演
（《梁任公发生学术讲演集》）

梁启超（1873—1929），字卓如，号任公、饮冰室主人。广东新会人。20世纪初中国新旧交替时代著名政治活动家、启蒙思想家、教育家、史学家和文学家，戊戌变法领袖之一，民国初年清华大学国学院四大导师之一。梁启超学术研究涉猎广泛，在哲学、文学、史学、经学、法学、伦理学、宗教学等领域均有建树，以史学研究成就最大，被公认为中国近代史上百科全书式的人物；其著作后被合编为《饮冰室合集》。

教育家的自己田地

梁启超

今天在座诸君，多半是现在的教育家或是将来要在教育界立身的人。我想把教育这门职业的特别好处，和怎样地自己受用法，向诸君说说。所以题目叫作"教育家的自己田地"。

孔子屡次自白，说自己没有别的过人之处，不过是"学而不厌，诲人不倦"。他的门生公西华听了这两句话便赞叹道："正惟弟子不能及也。"我们从小就读这章书，都以为两句平淡无奇的话，何以见得便是一般人所不能及呢？我年来积些经验，把这章书越读越有味，觉得：学不难，不厌却难；诲人不难，不倦却难。孔子特别过人处和他一生受用处，的确就在这两句话。

不厌不倦是孔子人生哲学第一要件。"子路问政。……请益，子曰：毋倦"，"子张问政，子曰：居之无倦，行之以忠"。《易经》第一个卦孔子做的象辞说："天行健，君子以自强不息。"你看他只是教人对于自己的职业忠实做去不要厌倦，要像天体运行一般，片刻不停。为什么如此说呢？因为依孔子的观察，生命即是活动，活动即是生命。活动停止，便是生命停止。然而活动要有原动力——像机器里头的蒸汽。人类活动的蒸汽在哪里呢？全在各人自己心理作用——对于自己所活动的对境感觉趣味：用积极的话语来表它，便是"乐"；用消极的话语来表它，便是"不厌不倦"。

厌倦是人生第一件罪恶，也是人生第一件苦痛。厌倦是一种想脱离活动的心理现象，换一句话说，就是不愿意劳作。你想，一个人不是上帝特制出来充当消化面包的机器，可以一天不劳作吗？只要稍为动一动不愿意劳作的念头，便是万恶渊薮。一面劳作，一面不愿意，拿孔子的话翻过来说："居之倦则行之必不能以忠。"不忠实的劳作，不惟消失了劳作效率，而且可以生出无穷弊害，所以说厌倦是人生第一件罪恶。换个方面看，无论何等人，总要靠劳作来维持自己生命，任凭你怎样地不愿意，劳作到底免不掉。免是免不掉，愿是不愿意，天天总皱着眉、哭着脸去做那不愿做的苦工，岂不是活活地把自己关在第十八层地狱？所以说厌倦是人生第一件苦痛。

诸君听我这番话，谅来都承认不厌倦是做人第一要件了。但怎么样才能做到呢？厌倦是一种心理现象，然而心理却最是不可捉摸的东西；天天自己劝自己说不要厌呀！不要倦呀！他真是厌倦起来，连自己也没有法想。根本救治法，要从自己劳作中看出快乐——看得像雪一般亮，信得像铁一般坚。那么，自然会兴会淋漓地劳作去，停一会都受不得，哪里还会厌倦？再拿孔子的话来说："知之者不如好知者，好之者不如乐之者。"一个人对于自己劳作的对境，能够"好之乐之"，自然会把厌倦根子永断了。从劳作中得着快乐，这种快乐，别人要帮也帮不来，要抢也抢不去，我起他一个名叫作"自己田地"。

无论做何种职业的人，都各个有他的自己田地。但要问哪一块田地最广、最大、最丰富，我想再没有能比得上教育家的了。教育家日日做的、终身做的不外两件事：一是学，二是诲人。学是自利，诲人是利他。人生活动目的，除却自利、利他两项外，更有何事？然而操别的职业的人，往往这两件事当场冲突——利得他人便不利自己，利得自己便不利他人。就令不冲突，然而一种活动同时具备这两方面效率者，实在不多。教育这门职业却不然，一面诲人，一面便是学；一面学，一面便拿来诲人。两件事并作一件做，形成一种自利、利他不可分的活动。对于人生目的之实现，再没有比这种职业更为接近、更为直捷的了。

学是多么快活啊！小孩子初初学会走，他那一种得意神情，真是不可以言语形容。我们当学生时代——不问小学到大学，每天总新懂得些从前不懂的道理，总新学会做些从前不会做的事，便觉得自己生命内容日日扩大，天下再愉快的事没有了。出到社会做事之后，论理，人人都有求知识的欲望，谁亦不愿意继续学些新学问？无奈所操职业，或者与学问性质不相容，只好为别的事情把这部分欲望牺牲掉了。这种境况，别人不知如何，单就我自己讲，也曾经过许多回，每回都觉得无限苦痛。

人类生理心理的本能，凡那部分久废不用，自然会渐趋麻木。
许久不做学问的人，把学问的胃口弄弱了，便许多知识界的美
味在前也吃不进去，人生幸福算是剥夺了一大半。教育家呢，
他那职业的性质，本来是拿学问做本钱，他赚来的利钱也都是
学问。他日日立于不能不做学问的地位，把好学的本能充分刺
激。他每日所劳作的工夫，件件都反映到学问，所以他的学问
只有往前进，没有往后退。试看！古今中外学术上的发明，一
百件中至少有九十件成于教育家之手！为什么呢？因为学问就
是他的本业。诸君啊！须知发明无分大小，发明地球绕日原理
固算发明，发明一种教小孩子游戏方法也算发明。教育家日日
把他所做的学问传授给别人，当其传授时候，日日积有新经验。
我信得过：只要肯用心，发明总是不断。试想，自己发明一种
新事理，这个快活还了得！恐怕真是古人说的"南面王无以易"
哩！就令暂时没有发明，然而能够日日与学问相亲，吸收新知
来营养自己知识的食胃，也是人生最幸福的生活。这种生活，
除了教育家，恐怕没有充分享受的机会吧？

　　诲人又是多么快活啊！自己手种一丛花卉，看着它发芽，看
着它长叶，看着它含蕾，看着它开花，天天生态不同，多加一分
培养工夫，便立刻有一分效验呈现。教学生正是这样。学生变化
的可能性极大，你想教他怎么样，自然会怎么样。只要指一条路
给他，他自然会往前跑，他跑的速率常常出你意外。他们天真烂
漫，你有多少情分到他，他自然有多少情分到你，只有加多，断
无减少——有人说：学校里常常闹风潮赶教习，学生们真是难缠。

我说：教习要闹到被学生赶，当然只有教习的错处没有学生的错处。总是教习先行失了信用，或是品行可议，或是对学生不亲切，或是学问交代不下，不然……断没有被赶之理。因为凡学生都迷信自己的先生，算是人类通性，先生把被迷信的资格丧掉，全由自取，不能责备学生。——教学生是只有赚钱不会蚀本的买卖：做官吗，做生意吗，自己一厢情愿要得如何如何的结果，多半不能得到，有时还和自己所打的算盘走个正反对，教学生绝对不致有这种事，只有所得结果超过你原来的希望。别的事业，拿东西给了人便成了自己的损失，教学生绝不含有这种性质。正是老子说的："既以为人己愈有，既以与人己愈多。"越发把东西给人给得多，自己得的好处越发大。这种便宜勾当，算是被教育家占尽了。

自古相传的一句通行话："人生行乐耳。"这句话倘若解释错了、应用错了，固然会生出许多毛病，但这句话的本质并没有错，而且含有绝对的真理。试问人生不该以快乐为目的，难道该以苦痛为目的吗？但什么叫作"快乐"，不能不加以说明。第一，要继续的快乐：若每日挨许多时候苦才得一会的乐，便不算继续。第二，要彻底的快乐：若现在快乐伏下将来苦痛根子，便不算彻底。第三，要圆满的快乐：若拿别人的痛苦来换自己的快乐，便不算圆满。教育家特别便宜处：第一，快乐就藏在职业的本身，不必等到做完职业之后找别的事消遣才有快乐，所以能继续。第二，这种快乐任凭你尽量享用，不会生出后患，所以能彻底。第三，拿被教育人的快乐来助成自己的快乐，所以能圆满。乐哉教育！乐哉教育！

　　东边邻舍张老三，前年去当兵，去年做旅长，今年做师长，买了几多座洋房，讨了几多位姨太太；西边邻舍李老四，前年去做议员，去年做次长，今年做总长，天天燕窝鱼翅请客，出门一步都坐汽车。我们当教育家的，中学吗，百来块钱薪水，小学呢，十来二十块。每天上堂要上几点钟，讲得不好还要挨骂，回家来吃饭只能吃个半饱。苦哉教育！苦哉教育！不错，从物质生活看来，他们真是乐，我们真是苦了。但我们要想一想：人类生活，只有物质方面完事吗？燕窝鱼翅，或者真比粗茶淡饭好吃，吃的时候果然也快活，但快活的不是我，是我的舌头；我操多少心弄把戏，还带着将来担惊受怕，来替这两寸来大的舌头当奴才，换它一两秒钟的快活，值得吗？绫罗绸缎挂在我身上，和粗布破袍有什么分别？不过旁人看着漂亮些，这是图我快活呀？还是图旁人快活呢？须知凡物质上快活，性质都是如此。这种快活，其实和自己渺不相干，自己只有赔上许多苦恼。我们真相信"行乐主义"的人，就要求精神上的快活。孔子的"饭疏食饮水，曲肱而枕之，乐亦在其中"，颜子的"一箪食，一瓢饮，在陋巷……不改其乐"，并非骗人的话，也并不带一毫勉强。他们住在"教育快活林"里头，精神上正在高兴到了不得，那些舌头和旁人眼睛的玩意儿，他们有闲工夫管到吗？诸君啊！这个快活林正是你自己所有的财产，千万别要辜负了。

　　说是这样说，但是"知之非艰，行之惟艰"，厌倦的心理仍不时袭击我们，抵抗不过，便被它征服。不然，何至公西华说"不能及"呢？我如今再告诉诸君一个切实防卫方法：你想诲人不倦吗？只要学不厌，自然会诲人不倦。一点新学说都不讲求，拿着几年前商务印书馆编的教科书上堂背诵一遍完事，今日如此，明日也如此，今年如此，明年也如此，学生们听着个个打盹，先生如何能不倦？当先生的常常拿"和学生赛跑"的精神去做学问，教哪一门功课，教一回自己务要得一回进步，天天有新教材，年年有新教法，怎么还会倦？你想学不厌吗？只要诲人不倦，自然会学不厌。把功课当作无可奈何的敷衍，学生听着有没有趣味、有没有长进一概不管，那么当然可以不消自己更求什么学问。既已把诲人当作一件正经事，拿出良心去干，那么，古人说的"教然后知困"，一定会发现出自己十几年前在师范学校里听的几本陈腐讲义不够用，非拼命求新学问。对付不来了，怎么还会厌？还有一个更简便的法子：只要你日日学，自然不厌；只要你日日诲人，自然不倦。趣味这样东西，总是愈引愈深，最怕是尝不着甜头，尝着了一定不能自已。像我们不会打球的人，看见学生们大热天打得满身臭汗，真不知道他所为何来。只要你接连打了一个月，怕你不上瘾？所以真肯学的人自然不厌，真肯诲人的人自然不倦。这又可以把孔子的话颠倒过来说：总要"行之以忠"，当然会"居之无倦"了。

诸君都是有大好田地的人，我希望再不要"舍其田而耘人之田"，好好地将自己田地打理出来，便一生受用不尽。

十一年八月五日为东南大学暑期学校学员演讲
（《梁任公先生学术讲演集》）

梁启超（1873—1929），字卓如，号任公、饮冰室主人。广东新会人。20世纪初中国新旧交替时代著名政治活动家、启蒙思想家、教育家、史学家和文学家，戊戌变法领袖之一，民国初年清华大学国学院四大导师之一。梁启超学术研究涉猎广泛，在哲学、文学、史学、经学、法学、伦理学、宗教学等领域均有建树，以史学研究成就最大，被公认为中国近代史上百科全书式的人物；其著作后被合编为《饮冰室合集》。

王阳明知行合一之教（节选）

梁启超

引 论

现代（尤其是中国的现在）学校式的教育，种种缺点，不能为讳。其最显著者，学校变成"知识贩卖所"，办得坏的不用说，就算顶好的吧，只是一间发行智识的"先施公司"。教师是掌柜的，学生是主顾客人，顶好的学生，天天以"吃书"为职业，吃上几年，肚子里的书装得像鼓胀一般，便算毕业。毕业以后，对于社会上实际情形不知相去几万里！想要把所学见诸实用，恰与宋儒高谈"井田封建"无异，永远只管说不管做；再讲到修养身心磨炼人格那方面的学问，越发是等于零了。学校固然不注意，即使注意到，也没有人去教，教的人也没有自己确信的方法来应用，只好把它搁在一边拉倒。青年们稍为有点志气，对于自己前途切实打主意的，当然不满意于这种畸形教育，但无法能自拔出来，只好自己安慰自己说道："等我把智识罐头装满了之后，再慢慢地修养身心及讲求种种社会实务吧。"其实哪里有这回事？就修养方面论，把"可塑性"最强的青年时候白白过了，到毕业出校时，品格已经成型，极难改进，投身到万恶社会中，像洪炉燎毛一般，拢着边便化为灰烬！就实习方面论，在学校里养成空腹高心的习惯，与社会实情格格不入，到底成为一个书呆子、一个高等无事游民完事！青年们啊！你感觉这种苦痛吗？你发现这种危险吗？我告诉你惟一的救济法门，就是依着王阳明知行合一之教做去。

知行合一是一个"讲学宗旨"。黄梨洲说："大凡学有宗旨，是其人之得力处，亦即学者之入门处。天下之义理无穷，苟非定以一二字，如何约之使其在我？"（《明儒学案》发凡）所谓宗旨者，标举一两个字或一两句话头，包举其学术精神之全部，旗帜鲜明，令人一望而知为某派学术的特色。正如现代政治运动、社会运动之"唱口号"，令群众得个把柄，集中他们的注意力，则成功自易。凡讲学大师标出一个宗旨，他自己必几经实验，痛下苦功，见得真切，才能拈出来，所以说是"其人之得力处"；这位大师既已循着这条路成就他的学问，他把自己阅历甘苦指示我们，我们跟着他的路走去，当然可以事半功倍而得和他相等的结果，所以说是"即学者之入门处"。这种"口号式"的讲学法，宋代始萌芽，至明代而极盛。"知行合一"便是明代第一位大师王阳明先生给我们学术史上留下最有名而且最有价值的一个口号。……

知行合一说之内容

把知行分为两件事，而且认为知在先行在后，这是一般人易陷的错误。阳明的知行合一说，即专为矫正这种错误而发。但他立论的出发点，全因解释《大学》和朱子有异同，所以欲知他学说的脉络，不能不先把《大学》原文做个引子。

《大学》说："欲修其身者，先正其心；欲正其心者，先诚其意；欲诚其意者，先致其知；致知在格物。"这几句话教人以修养身心的方法，在我们学术史上含有重大意味。自朱子特别表章这篇，把他编作"四书"之首，其价值越发增重了。据朱子说，这是"古人为学次第"（《大学章句》），一层一层地做上去，走了第一步才到第二步；内中诚意、正心、修身是力行的工夫，格物、致知是求知的工夫。朱子对于求知工夫看得尤重，他因为《大学》本文对于诚意以下都有解释，对于致知格物没有解释，认为是有脱文，于是做了一篇《格致补传》，说道："所谓'致知在格物'者，言欲致吾之知，在即物而穷其理也。盖人心之灵莫不有知，而天下之物莫不有理，惟于理有未穷，故其知有不尽也。是以《大学》始教，必使学者即凡天下之物，莫不因其已知之理而益穷之，以求致乎其极。至于用力之久，而一旦豁然贯通焉，则众物之表里精粗无不到，而吾心之全体大用无不明矣……"依朱子这种用功法，最少犯了下列两种毛病：一是泛滥无归宿，二是虚伪无实着。天下事物如此其多，无论何事何物，若想用科学方法"因其已知之理而益穷之，以求致乎其极"，单一件已够消磨你一生精力了；朱子却是用"即凡天下之物"这种全称名词，试问何年何月才能"即凡"都"穷"过呢？要先做完这段工夫才讲到诚意正心等等，那么诚正、修齐、治平的工作，只好待诸转轮再世了！所以结果是泛滥无归宿。况且朱子所谓"穷理"，并非如近代科学家所谓客观的物理，乃是抽象的、惝恍无朕的一种东西，所以他说有"一旦豁然贯通焉，则众物之表里精粗无不到"那样的神秘境界。其实那种境界纯是可望不可及的——或者还是自己骗自己。倘若真有这种境界，那么"豁然贯通"之后，学问已做到尽头，还用着什么诚意正心等等努力？所谓"为学次第"者何在？若是自己骗自己，那么用了一世格物穷理工夫，只落得一个空！而且不用功的人哪个不可以伪托？所以结果是虚伪无实着。

阳明那时代，"假的朱学"正在盛行，一般"小人儒"都挟着一部《性理大全》做举业的秘本，言行相违，风气大坏；其间一二有志之士，想依着朱子所示法门切实做去，却是前举两种毛病或犯其一，或兼犯其二，到底不能有个得力受用处。阳明早年固尝为此说所误，阅历许多甘苦，不能有得，后来在龙场驿三年，劳苦患难，九死一生，切实体验，才发明这知行合一之教。

"知行合一"四个字，阳明终身说之不厌，一部《王文成公全书》，其实不过这四个字的注脚。今为便于学者记忆持习起见，把他许多话头分成三组，每组拈出几个简要的话做代表：

第一组："未有知而不行者，知而不行，只是未知。"（《传习录·徐爱记》）

第二组："知是行的主意，行是知的工夫；知是行之始，行是知之成。"（同上）

第三组："知行原是两个字说一个工夫；知之真切笃实处便是行，行之明觉精察处便是知。"（《文集·答友人问》）

第一组的话且将知行的本质为合理的解剖说明。阳明以为：凡人有某种感觉，同时便起某种反应作用，反应便是一种行为；感觉与反应同时而生，不能分出个先后。他说：

> 《大学》指出个真知行与人看，说"如好好色，如恶恶臭"。见好色属知，好好色属行，只见那好色时已自好了，不是见了后又立个心去好；闻恶臭属知，恶恶臭属行，只闻那恶臭时已自恶了，不是闻了后别立个心去恶。如鼻塞人虽见恶臭在前，鼻中不曾闻得，便亦不甚恶，亦只是不曾知臭……
>
> （《传习录·徐爱记》）

这段譬喻说明知行不能分开，可谓深切著明极了。然犹不止此，阳明以为感觉（知）的本身已是一种事实，而这种事实早已含有行为的意义在里头。他说：

> 又如知痛，必已自痛了方知痛。知寒，必已自寒了。知饥，必已自饥了。知行如何分得开？此便是知行的本体，

不曾有私意隔断的。必要是如此，方可谓之知；不然，只是不曾知。　　　　　　　　　　　　　　　　　　　　　（同上）

常人把知看得太轻松了，所以有"知之非艰，行之惟艰"一类话。（按：这是伪《古文尚书》语）徐爱问阳明："今人尽有知得父当孝兄当弟者，却不能孝不能弟，便是知与行分明两件事。"阳明答道："如称某人知孝，某人知弟，必是其人已曾行孝行弟，方可称他知孝知弟。不成只是晓得说些孝弟的话，便可称为知孝知弟？"（同上）譬如现在青年们个个都自以为知道爱国，却是所行所为往往与爱国相反；常人以为他是知而不行，阳明以为他简直未知罢了。若是真知道爱国滋味和爱他的恋人一样（如好好色），绝对不含有表里不如一的，所以得着"知而不行，只是未知"的结论。阳明说："知行之体本来如是，非以己意抑扬其间，姑为是说以苟一时之效也。"（《答顾东桥书》）

第一组的话，是从心理历程上看出知行是相倚相待的，正如车之两轮，鸟之双翼，缺了一边，那一边也便不能发生作用了。凡人做一件事，必须先打算去做，然后令着手做去，打算便是知、便是行的第一步骤。换一面看，行是行个什么，不过把所打算的实现出来，非到做完了这件事时候，最初的打算不曾完成，然则行也只是贯彻所知的一种步骤。阳明观察这种心理历程，把它分析出来，说道："知是行的主意，行是知的工夫。知是行之始，行是知之成。"当时有人问他道："如知食乃食，知路乃行，未有不见是物而先有是事者。"阳明答道：

> 夫人必有欲食之心，然后知食，欲食之心即是意，即是行之始矣。食味之美恶，必待入口而后知，岂有不待入口而已先知食味之美恶者耶？必有欲行之心，然后知路，欲行之心即是意，即是行之始矣。路歧之险夷，必待身亲履历而后知，岂有不待身亲履历已先知路歧之险夷者耶？
>
> （《答顾东桥书》）

现在先解释"知是行的主意""知是行之始"那两句。阳明为什么和人辩论"知"字时却提出"意"字来呢？阳明以为：我们所有一切知觉，必须我们的意念涉着对境的事物才能发生；离却意念而知觉独立存在，可谓绝对不可能的事。然则说我们知道某件事，一定要以我们的意念涉着到这件事为前提。意念涉着是知的必要条件，然则意即是知的必需成分，意涉着事物才会知，而意去涉着那事物便是行为的发轫，这样说来，"知是行之始"无疑了。由北京去南京的人，必须知有南京，原是不错。为什么知有南京？必是意念已经涉着到南京。涉着与知为一刹那间不可分离的心理现象，说它是知，可以；说它是行的第一步，也可以。因为意念之涉着，不能不认为之一种。

再解释"行是知的工夫""行是知之成"那两句。这两句较上两句尤为重要，阳明所以苦口说个"知行合一"，其着眼实在此点。我们的知识从哪里得来呢？有人说从书本上可以得来，有人说从听讲演或谈论可以得求，有人说用心冥想可以得来。其实都不对，真知识非实地经验之后是无从得着的。你想知道西湖风景如何，读尽几十种《西湖游览志》便知道吗？不；听人讲西湖的故事便知道吗？不；闭目冥想西湖便知道吗？不，不。你要真知道，除非亲自游历一回。常人以为，我做先知后行的工夫，虽未实行，到底不失为一个知者。阳明以为这是绝对不可能的事。他说：

> 今人却将知行分作两件去做，以为必先知了，然后能行。我如今且去讲习讨论做知的工夫。待知得真了方去做行的工夫。故遂终身不行，亦遂终身不知。此不是小病痛。
>
> （《传习录·徐爱记》）

这段话，现在学校里贩卖知识的先生们和购买知识的学生们听了不知如何？你们岂不以为我的学问虽不曾应用，然而已经得着智识，总算不白费光阴吗？依阳明看法，你们卖的都是假货！因为不曾应用为智识，绝对算不了智识。方才在第一组所引的话："未有知而不行者，不行而求知，终久不会知。"这样说来，我们纵使专以求知为目的，也不能不以力行为手段，很明白了。所以说"行是知的工夫"，又说"行是知之成"。

《中庸》说："博学之，审问之，慎思之，明辨之，笃行之。"后人以为学问思辨属知的方面讲，末句才属行的方面讲。阳明以为错了。他说：

　　夫学、问、思、辨、行皆所以为学，未有学而不行者也。如言学孝，则必服劳奉养，躬行孝道，后谓之学，岂徒悬空口耳讲说，而遂可以谓之学孝乎？学射则必张弓挟矢，引满中的。学书则必伸纸执笔，操觚染翰。尽天下之学，无有不行而可以言学者。则学之始，固已即是行矣。……学之不能以无疑，则有问，问即学也，即行也。又不能无疑，则有思，思即学也，即行也。又不能无疑，则有辨，辨即学也，即行也。……非谓学问思辨之后，而始措之于行也。是故以求能其事而言谓之学，以求解其惑而言谓之问，以求通其说而言谓之思，以求精其察而言谓之辨，以求履其实而言谓之行。盖析其功而言则有五，合其事而言则一而已。　　　　　　　（《答顾东桥书》）

又说：

　　凡谓之行者，只是着实去做这件事。若着实做学问思辨的工夫，则学问思辨亦便是行矣。学是学做这件事，问是问做这件事，思辨是思辨做这件事，则行亦便是学问思辨矣。若谓学问思辨了然后去行，却如何悬空去学问思辨？行时又如何去得个学问思辨的事？　　　　（《答友人问》）

据这两段话，拿行来概括学问思辨也可以，拿学来概括学问思辨也可以。总而言之，把学和行打成一片，横说竖说都通；若说学是学，行是行，那么学也不知是学个什么，行也不知是行个什么了。

有人还疑惑：将行未行之前，须总要费一番求知的预备工夫，才不会行错。问阳明道："譬如行道者，以大都为所归宿之地，行道者不辞险阻艰难，决意向前，如使此人不知大都所在而泛焉欲往可乎？"阳明答道：

> 夫不辞险阻艰难，决意向前，此正是诚意之意。审如是，则其所以问道途，具资斧，戒舟车，皆有不容已者。不然，又安在其为决意向前，而亦安所前乎？夫不识大都所在而泛焉欲往，则亦欲往而已，未尝真往也。惟其欲往而未尝真往，是以道途之不问，资斧之不具，舟车之不戒。若决意向前，则真往矣。真往者，能如是乎？此最工夫切要处，试反求之。　　　　　　（《答王天宇第二书》）

又有人问："天理人欲，知之未尽，如何用得克己工夫？"阳明答道：

> 若不用克己工夫，终日只是说话而已，天理终不自见，私欲亦终不自见。如走路一般，走得一段方认得一段；走到歧路时，有疑便问，问了又走，方才能到。今人于已知之天理不肯存，已知之人欲不肯去，只管愁不能尽知，只

管闲讲，何益之有？　　　　　　（《传习录·陆澄记》）

这些话都是对于那些借口智识未充便不去实行的人痛下针砭。内中含有两种意思：其一，只要你决心实行，则智识虽缺少些也不足为病，因为实行起来，便逼着你不能不设法求智识，智识也便跟着来了。这便是"知是行之始"的注脚。其二，除了实行外，再没有第二条路得着智识，因为智识不是凭空可得的，只有实地经验，行过一步，得着一点，再行一步，又得一点，一步不行，便一点不得。这便是"行是知之成"的注脚。

统观前二组所说的话，知行合一说在理论上如何能成立已大略可见了。照此说来，知行本体既只是一件，为什么会分出两个名字？古人教人为学，为什么又常常知行对举呢？……阳明说：

　　知行原是两个字说一个工夫。这一个工夫，须着此两个字，方说得完全无弊病。　　　　　　（《答友人问》）

又说：

　　知之真切笃实处即是行，行之明觉精察处即是知，知行工夫本不可离，只为后世学者分作两截用工，失却知行本体，故有合一并进之说。真知即所以为行，不行不足谓之知。　　　　　　（《答顾东桥书》）

又说：

> 行之明觉察精处便是知，知之真切笃实处便是行。若行而不能精察明觉，便是冥行，便是"学而不思则罔"，所以必须说个知。知而不能真切笃实，便是妄想，便是"思而不学则殆"，所以必须说个行。原来只是一个工夫。凡古人说知行，皆是就一个工夫上补偏救弊说，不似今人截然分作两件事做。 （《答友人问》）

又说：

> 若会得时，只说一个知已自有行在，只说一个行已自有知在。古人所以既说一个知又说一个行者，只为世间有一种人懵懵懂懂的任意去做，全不解思维省察，也只是个冥行妄做，所以必说个知，方才行得是。又有一种人，茫茫荡荡悬空去思索，全不肯着实躬行，也只是揣摸影响，所以必说一个行，方才知得真。……今若知得宗旨时，即说两个亦不妨，亦只是一个；若不会宗旨，便说一个，亦济得甚事？只是闲说话。 （《传习录·徐爱记》）

以上几段话，本文很明白，毋庸再下解释。我们读此，可以知道阳明所以提倡知行合一论者，一面固因为"知行之体本来如此"，一面也是针对末流学风"补偏救弊"的作用。我们若想遵从其教得个着力处，只要从真知真行上切实下功夫。若把他的话只当作口头禅玩弄，虽理论上辨析得详尽，即又堕于"知而不行只是不知"的痼疾，非阳明本意了。

然则阳明所谓真知真行到底是什么呢？关于这一点，我打算留待第四章"论知行合一与致良知"时再详细说明，试拿现代通行的话说个大概，则"动机纯洁"四个字庶几近之。动是行，所以能动的机栝是知，纯是专精不疑惑，洁是清醒不受蔽。质而言之，在意念隐微处（即动机）痛切下功夫，如孝亲，须把孝亲的动机养得十二分纯洁，有一点不净洁处务要克制去；如爱国，须把爱国的动机养得十二分纯洁，有一点不纯洁处务要克制去；纯洁不纯洁，自己的良知当然会看出，这便是知的作用；看出后顿时绝对地服从良知命令做去，务要常常保持纯洁的本体，这便是行的作用。若能如此，自能"好善如好好色，恶恶如恶恶臭"，便是大学诚意的全功，也即是正心、修身、致知、格物的全功。所以他说："君子之学诚意而已矣。"（《答王天宇书》）意是动机，诚是务求纯洁，阳明知行合一说的大头脑不外如此。他曾明白宣示他的立言宗旨道：

> 今人学问，只因知行分作两件，故有一念发动，虽是不善，然却未曾行，便不去禁止。我今说个知行合一，正要人晓得一念发动处，便即是行了！……须要彻根彻底，不使那一念潜伏在胸中。此是我立言宗旨。
>
> （《传习录·黄直记》）

他说："杀人就在咽喉上着刀，吾人为学，须在心髓入微处用力。"(《答黄宋贤第五书》)他一生千言万语，说的都是这一件事；而其所以简易直捷，令人实实落落得个下手处，亦正在此。

于是我们所最要知道的，是阳明对于一般人所谓"智识"者，其所采态度如何？是否有轻视或完全抹杀的嫌疑？现在要解决这问题做本章的结论。

阳明排斥书册上智识、口耳上智识，所标态度极为鲜明。他说："后世不知作圣之本是纯乎天理，却专去知识才能上求圣人……弊精竭力，从册子上钻研，名物上考索，形迹上比拟。知识愈广而人欲愈滋，才力愈多，而大理愈蔽。"(《传习录·薛侃记》)从这类话看来，阳明岂不是认智识为不必要吗？其实不然，他不是不要智识，但以为"要有个头脑"。(《传习录·徐爱记》)头脑是什么呢？我们叫它作诚意亦可以，叫它作良知亦可以，叫它作动机纯洁亦可以。若没有这头脑，智识愈多愈坏。譬如拿肥料去栽培恶树的根，肥料越下得多，它越畅茂，四旁嘉谷越发长不成了。(《传习录·陆澄记》)有了头脑之后，智识当然越多越好，但种种智识，也不消费多大的力，自然会得到，因为它是头脑发出来的条件。有人问："如事父母其问温清定省之类，有许多节目，不知亦须讲求否？"阳明答道：

　　如何不讲求？只是有个头脑。……此心若无人欲，纯是天理，是个诚于孝亲的心，冬时自然思量父母的寒，便自要去求个温的道理。夏时自然思量父母的热，便自要去求个清的道理。这都是那诚孝的心发出来的条件，却是须有这诚孝的心，然后有这条件发出来。譬之树木，诚孝的心便是根，许多条件便是枝叶。须先有根，然后有枝叶。不是先寻了枝叶然后去种根。　　（《传习录·徐爱记》）

智识是诚心发出来的条件，这句话便是知行合一论的最大根据了。然而条件千头万绪、千变万化的，有了诚心（即头脑），碰着这件自然会讲求这件，到走那步自然会追求前一步。若想在实行以前或简直离开实行而泛泛然去讲习讨论那些条件，那么，在这千头万绪、千变万化中，从哪里讲习起呢？阳明关于此点有最明快的议论，说道：

　　夫良知之于节目事变，犹规矩尺度之于方圆长短也。节目事变之不可预定，犹方圆长短之不可胜穷也。故规矩诚立，则不可欺以方圆，而天下之方圆不可胜用矣。尺度诚陈，则不可欺以长短，而天下之长短不可胜用矣。良知诚致，则不可欺以节目事变，而天下之节目事变不可胜应矣。毫厘千里之谬，不于吾心良知一念之微而察之，亦将何所用其学乎？是不以规矩而欲定天下之方圆，不以尺度而欲尽天下之长短，吾见其乖张谬戾，日劳而无成也已。

　　　　　　　　　　　　　　　（《答顾东桥书》）

这段话虽然有点偏重主观的嫌疑，但事实上我们对于应事接物的智识，如何才合理？如何便不合理？这类标准最后终不能不以主观的良知判断，此亦事之无可如何者。即专以求知的工夫而论，我们也断不能把天下一切节目事变都讲求明白才发手做事。只有先打定主意诚诚恳恳去做这件事，自然着手之前逼着做预备智识的工夫，着手之后，一步一步地磨炼出智识来，正所谓"知是行之始，行是知之成"也。今请更引阳明两段话以结本章：

良知不由见闻而有，而见闻莫非良知之用。故良知不滞于见闻，而亦不离于见闻。……大抵学问工夫，只要主意头脑得当；若主意头脑专以"致良知"为事，则凡多闻多见，莫非"致良知"之功。　　　（《答欧阳崇一书》）

君子之学，何尝离去事为而废论说。但其从事于事为论说者，要皆知行合一之功，正所以致其本心之良知，而非若世之徒事口耳谈说以为知者，分知行为两事，而果有节目先后之可言也？　　　（《答顾东桥书》）

十五年十二月在北京学术演讲会及清华学校讲演

梁启超（1873—1929），字卓如，号任公、饮冰室主人。广东新会人。20世纪初中国新旧交替时代著名政治活动家、启蒙思想家、教育家、史学家和文学家，戊戌变法领袖之一，民国初年清华大学国学院四大导师之一。梁启超学术研究涉猎广泛，在哲学、文学、史学、经学、法学、伦理学、宗教学等领域均有建树，以史学研究成就最大，被公认为中国近代史上百科全书式的人物；其著作后被合编为《饮冰室合集》。

趣味教育与教育趣味

梁启超

一

假如有人问我："你信仰的什么主义？"我便答道："我信仰的是趣味主义。"有人问我："你的人生观拿什么做根柢？"我便答道："拿趣味做根柢。"我生平对于自己所做的事，总是做得津津有味，而且兴会淋漓；什么悲观咧厌世咧这种字面，我所用的字典里头，可以说完全没有。我所做的事，常常失败——严格地可以说没有一件不失败——然而我总是一面失败一面做；因为我不但在成功里头感觉趣味，就在失败里头也感觉趣味。我每天除了睡觉外，没有一分钟一秒钟不是积极地活动；然而我绝不觉得疲倦，而且很少生病；因为我每天的活动有趣得很，精神上的快乐补得过物质上的消耗而有余。

趣味的反面，是干瘪，是萧索。晋朝有位殷仲文，晚年常郁郁不乐，指着院子里头的大槐树叹气，说道："此树娑婆，生意尽矣。"一棵新栽的树，欣欣向荣，何等可爱！到老了之后，表面上虽然很娑婆，骨子里生意已尽，算是这一期的生活完结了。殷仲文这两句话，是用很好的文学技能，表出那种颓唐落寞的情绪。我以为这种情绪，是再坏没有的了。无论一个人或一个社会，倘若被这种情绪侵入弥漫，这个人或这个社会算是完了，再不会有长进。何止没长进？什么坏事都要从此产育出来。总而言之，趣味是活动的源泉，趣味干竭，活动便跟着停止。好像机器房里没有燃料，发不出蒸汽来，任凭你多大的机器，总要停摆。停摆过后，机器还要生锈，产生许多毒害的物质哩！人类若到把趣味丧失掉的时候，老实说，便是生活得不耐烦，那人虽然勉强留在世间，也不过是行尸走肉。倘若全个社会如此，那社会便是痨病的社会，早已被医生宣告死刑。

二

"趣味教育"这个名词并不是我所创造，近代欧美教育界早已通行了。但他们还是拿趣味当手段，我想进一步，拿趣味当目的。请简单说一说我的意见：

第一，趣味是生活的原动力，趣味丧掉，生活便成了无意义，这是不错。但趣味的性质不见得都是好的。譬如好嫖好赌，何尝不是趣味？但从教育的眼光看来，这种趣味的性质当然是不好。所谓好不好，并不必拿严酷的道德论做标准。既已主张趣味，便要求趣味的贯彻，倘若以有趣始以没趣终，那么，趣味主义的精神算完全崩落了。《世说新语》记一段故事："祖约性好钱，阮孚性好屐，世未判其得失。有诣约，见正料量财物，客至屏当不尽，余两小簏以著背后，倾身障之。意未能平。诣孚，正见自蜡屐，因叹曰：'未知一生当着几两屐。'意甚闲畅，于是优劣始分。"这段话很可以作为选择趣味的标准。凡一种趣味事项，倘或是要瞒人的，或是拿别人的苦痛换自己的快乐，或是快乐和烦恼相间相续的，这等统名为下等趣味。严格说起来，它就根本不能做趣味的主体。因为认这类事当趣味的人，常常遇着败兴，而且结果必至于俗语说的"没兴一齐来"而后已。所以我们讲趣味主义的人，绝不承认此等为趣味。人生在幼年青年期，趣味是最浓的，成天价乱碰乱进；若不引他到高等趣味的路上，他们便非流入下等趣味不可。没有受过教育的人，固然容易如此；教育教得不如法，学生在学校里头找不出趣味，然而他们的趣味是压不住的，自然会从校课以外乃至校课反对的方向去找他的下等趣味。结果，他们的趣味是不能贯彻的，整个变成没趣的人生完事。我们主张趣味教育的人，是要趁儿童或青年趣味正浓而方向未决定的时候，给他们一种可以终身受用的趣味。这种教育办得圆满，能够令全社会整个永久是有趣的。

第二，既然如此，那么，教育的方法自然也跟着解决了。教育家无论多大能力，总不能把某种学问教通了学生，只能令受教的学生当着某种学问的趣味，或者学生对于某种学问原有趣味，教育家把它加深加厚。所以教育事业，从积极方面说，全在唤起趣味；从消极方面说，要十分注意不可以摧残趣味。摧残趣味有几条路：

头一件是注射式的教育。教师把课本里头的东西叫学生强记，好像嚼饭给小孩子吃，那饭已经是一点儿滋味没有了，还要叫他照样地嚼几口仍旧吐出来看。那么，假令我是个小孩子，当然会认吃饭是一件苦不可言的事了。这种教育法，从前教八股完全是如此，现在学校里形式虽变，精神却还是大同小异，这样教下去，只怕永远教不出人才来。

第二件是课目太多。为培养常识起见，学堂课目固然不能太少；为恢复疲劳起见，每日的课目固然不能不参错调换。但这种理论，只能为程度的适用；若用得过分，毛病便会发生。趣味的性质是越引越深，想引得深，总要时间和精力比较地集中才可。若在一个时期内同时做十来种的功课，走马看花，应接不暇，初时或者惹起多方面的趣味，结果任何方面的趣味都不能养成。那么，教育效率可以等于零。为什么呢？因为受教育受了好些时，件件都是在大门口一望便了，完全和自己的生活不发生关系，这教育不是白费吗？

第三件是拿教育的事项当手段。从前我们学八股，大家有句通行话，说它是敲门砖，门敲开了自然把砖也抛却，再不会有人和那块砖头发生起恋爱来。我们若是拿学问当作敲门砖看待，断乎不能有深入而且持久的趣味。我们为什么学数学，因为数学有趣，所以学数学；为什么学历史，因为历史有趣，所以学历史；为什么学画画，学打球，因为画画有趣，打球有趣，所以学画画，学打球。人生的状态本来是如此，教育的最大效能也只是如此。各人选择他趣味最浓的事项做职业，自然一切劳作都是目的，不是手段，越劳作越发有趣。反过来，若是学法政用来做做官的手段，官做不成怎么样呢？学经济用来做发财的手段，财发不成怎么样？结果必至于把趣味完全送掉。所以教育家最要紧教学生知道是为学问而学问，为活动而活动；所有学问、所有活动都是目的，不是手段。学生能领会得这个见解，他的趣味自然终身不衰了。

三

以上所说，是我主张趣味教育的要旨。既然如此，那么在教育界立身的人，应该以教育为惟一的趣味，更不消说了。一个人若是在教育上不感觉有趣味，我劝他立刻改行，何必在此受苦？既已打算拿教育做职业，便要认真享乐，不辜负了这里头的妙味。

孟子说："君子有三乐，而王天下不与存焉。"那第三种就是"得天下英才而教育之"，他的意思是说教育家比皇帝还要快乐。他这话绝不是替教育家吹空气，实际情形确是如此。我常想：我们对于自然界的趣味，莫过于种花；自然界的美，像山水风月等等，虽然能移我情，但我和它没有特殊密切的关系，它的美妙处我有时便领略不出。我自己手种的花，它的生命和我的生命简直合为一；所以我对着它，有说不出来的无上妙味。凡人工所做的事，那失败和成功的程度都不能预料；独有种花，你只要用一分心力，自然有一分效果还你，而且效果是日日不同，一日比一日进步。教育事业正和种花一样：教育者与被教育者的生命是并合为一的；教育者所用的心力，真是俗语说的"一分钱一分货"，丝毫不会枉费，所以我们要选择趣味最真而最长的职业，再没有别样比得上教育。

现在的中国，政治方面、经济方面，没有哪件说起来不令人头痛；但回到我们教育的本行，便有一条光明大路摆在我们前面。从前国家托命，靠一个皇帝，皇帝不行，就望太子；所以许多政论家——像贾长沙一流都最注重太子的教育。如今国家托命是在人民，现在的人民不行，就望将来的人民；现在学校里的儿童青年个个都是"太子"，教育家便是"太子太傅"。据我看：我们这一代的太子真是"富于春秋，典学光明"，这些当太傅的只要"鞠躬尽瘁"，好生把他培养出来，不愁不眼见中兴大业。所以别方面的趣味，或者难得保持，因为到处挂着"此路不通"的牌子，容易把人的兴头打断，教育家却全然不受这种限制。

教育家还有一种特别便宜的事。因为"教学相长"的关系，教人和自己研究学问是分离不开的。自己对于自己所好的学问，能有机会终身研究，是人生最快乐的事，这种快乐也是绝对自由，一点不受恶社会的限制。做别的职业的人，虽然未尝不可以研究学问，但学问总成了副业了。从事教育职业的人，一面教育，一面学问，两件事完全打成一片。所以别的职业是一重趣味，教育家是两重趣味。

孔子屡屡说："学而不厌，诲人不倦。"他的门生赞美他说："正唯弟子不能及也。"一个人谁也不学，谁也不诲人，所难者确在不厌不倦。问他为什么能不厌不倦呢？只是领略得个中趣味，当然不能自已。你想：一面学，一面诲人，人也教得进步了，自己所好的学问也进步了，天下还有比它再快活的事吗？人生在世数十年，终不能一刻不活动。别的活动都不免常常陷在烦恼里头，独有好学和好诲人，真是可以无入而不自得，若真能在这里得了趣味，还会厌吗？还会倦吗？孔子又说："知之者不如好之者，好之者不如乐之者。"诸君都是在教育界立身的人，我希望更从教育的可好可乐之点切实体验，那么，不惟诸君本身得无限受用，我们全教育界也增加许多活气了。

十一年四月十日在直隶教育联合会演讲
（《梁任公白话文钞》）

梁启超（1873—1929），字卓如，号任公、饮冰室主人。广东新会人。20世纪初中国新旧交替时代著名政治活动家、启蒙思想家、教育家、史学家和文学家，戊戌变法领袖之一，民国初年清华大学国学院四大导师之一。梁启超学术研究涉猎广泛，在哲学、文学、史学、经学、法学、伦理学、宗教学等领域均有建树，以史学研究成就最大，被公认为中国近代史上百科全书式的人物；其著作后被合编为《饮冰室合集》。

自由讲座制之教育

梁启超

近世所谓学校教育者，缺点有二：

第一，其形式若军队然。军队之进也，怯者固毋得独怯，勇者亦毋得独勇，千万人若一机之动也。今之学校，科目求备；而各科皆悬一程准，课其中程不中程。虽智力体力较劣下者，非勉及于程焉不可；其优异者亦及程而止，程以上弗授也。夫其程既通于全社会以求彻上彻下，则不得不以中材为鹄。劣下者勉而就，或勤苦伤生，而终浅尝无所获也。优异者精力有余于所课，而旅进旅退焉。则或以仅中程而自满；虽不自满，而其少年最适于求学之光阴，已有一部分焉未尽其用，此种"水平线式"的教育，实国家主义之产物。国家若大匠然，需楹则斫材为楹，需桷则斫材为桷，楹桷大小若一，所斫就矣，而材之戕贼亦已多矣。故此种教育法，适于群众教育，而不适于天才教育。

第二，其学业之相授受，若以市道交也。学校若百货之廛，教师佣于廛，以司售货者也，学生则挟赀适市而有所求者也。交易而退，不复相闻问。学生之与教师，若陌路之偶值；甚者教师视学校如亭舍也。余昔游英之剑桥大学，其校长涉菩黎博士语余："近世式之教育，若医生集病者于一堂，不一一诊其症，而授以等质等量之方剂也。"其言虽或稍过，然教者与学者关系之浅薄，诚近世式教育之大缺点，不能为讳也。故此种教育，其弊也，成为物的教育，失却人的教育。

要而论之，此种教育虽办至极完善，然已不免以社会吞灭个性，已不免陷于机械的而消失自动力。然在行政机关整齐强固之国家，此种制度之特长确能发挥，其精神确能贯彻，则得失之数犹半也。中国又并不足以语于此，于是二十年来所谓振兴教育者，尽有他人之弊而无其利。夫今日武人之摧残教育，罪固不可胜诛矣。就令无武人之摧残，而长维持此现状以往，则亦愈积久而愈不胜其弊耳。

今欲言教育制度之根本改革，固非此短篇之所能尽。且非俟政治稍清明，行政机关有相当之意识与能力，则虽有良法，亦托空言而已矣。今欲于实际上为初步之改革，宜求不必倚赖行政权力，而社会上少数人可以发动者。以吾所见，其在普通教育方面，可着手固不少，容当别论。其在高等教育方面，则有创设"自由讲座"之一问题。

自由讲座之组织略如下：

（一）以少数之同志，有专门学术，堪任教授者，组织讲师团体，但最少须五六人以上。

（二）其讲座，或独立，或附设于原有之学校皆可。

（三）学科不求备，以讲师确有心得自信对于此科之教授能有特色者，乃设置之，但各科间须有相当之联络，使各科听讲毕业者，得一系之完全知识。

（四）讲授时间不必太多，使学生于听讲以外能得较多之自动的修习，常采教师学生共同研究的态度。

（五）修业期限不宜太长，约两年而毕。

（六）毕业不考试，但由各讲座讲师授以该科修了之证书。

（七）学生分两种：一专修者，一自由听受者。

自由听受者，不必经入学试验，亦不必修业终了。

专修者，须经入学试验，以能直接读外国文之参考书为及格，受课毋得间歇。

（八）设备之最要者为图书馆。既设某科讲座，则关于该科之重要参考书必须备。其关于自然科学之讲座，于图书之外，必须有相当之仪器资试验。

（九）讲座除筹备相当之基本金外，仍别营一两种小工业，教师学生同任劳作，以补助座费。

此种组织，参采前代讲学之遗意而变通之，使学校、教师、学生三者之间皆为人的关系，而非物的关系。讲师之于讲座，自为主体，而非雇佣的。讲师之与学生，实共学之友，不过以先辈之资格为之指导。学生所得于讲师者，非在记忆其讲义以资一度之考试，乃在受取讲师之研究精神及研究方法。质言之，其获益最重要之点，则学者的人格之感化也。讲师之熏陶学生，除讲堂授课之外，更大有事焉。则可以察其性之所近，因势而利导，而学生之自发的研究，乃可以日进也。则天才瑰特之士，不至为课程所局，可以奔逸绝尘尽其才矣，如此则教育不至为"机械化"，不至为"凡庸化"。社会上真面目之人才，或可以养成也。

吾非敢望全国之高等教育，悉改用此组织。顾吾以为针治今日教育界之弊，必须有此种异军特起之组织以为之药。而又信此事之建设确非甚难；凡国内办有成绩之学校，皆可以附设，凡少壮有为之学者，但结合同志数辈，即可以发起。造端虽简，将毕必钜，是在有志者之努力而已。

(《梁任公白话文钞》)

胡 适 (1891—1962)，原名嗣穈，学名洪骍，字希疆；后改名胡适，字适之，笔名天风、藏晖等。安徽绩溪人。因提倡文学革命而成为新文化运动的领袖之一。历任北京大学教授、北京大学文学院院长、中华民国驻美利坚合众国特命全权大使、北京大学校长等职。胡适兴趣广泛，著述丰富，在文学、哲学、史学、考据学、教育学、伦理学、红学等诸多领域都有深入的研究，被誉为现代思想文化界最稳健、最优秀、最高瞻远瞩的哲人智者。

考试与教育

胡 适

我在民国二十三年，曾在考试院住过几天，也在此会场讲过话，所以这次重来非常愉快。尤其看到考试院的建筑没有被破坏，并知道今年参加高考的人数超过以前任何时期。现在交通如此不方便，而全国各大城市参加高考的人数竟达万人以上（就在我们北大的课室中，也有不少的人在应试）。我感觉到，自民国二十年举行第一次考试以来，这十六年间，考试制度的基础已相当巩固。我是拥护考试制度的一个人，目睹考试制度的巩固与应考人数的增多，至为高兴。

今天考试院的几位朋友要我来谈谈考试与教育的问题。当然考试与教育，与学校，都有很深的关系。中国的考试制度可算有二千多年历史。在汉朝初开国的几十年，本来没有书生担负政治上的重要责任。后来汉武帝的宰相公孙弘向武帝建议两件大事：

其一是"予博士以弟子"。因过去只有博士，而没有学生，公孙弘主张给博士收学生，每个博士给予学生十人，后来学生数目逐渐增加，至王莽时代，增至一万人。迨东汉中期，更增至三万人。

其二就是考试制度。公孙弘因见国家的法令与皇帝的诏书，不但百姓不能了解，甚至政府的官吏亦多不懂。故献议武帝，采用考试的办法，即指定若干经典为范围，凡能背诵一部的，便予以官吏职位。这是最早的考试制度，约在纪元前一百二十四年开始实行，到现在已经二千一百年。有了这种考试制度，便可以吸收学校训练出来的人才。风气一开，就另外产生一种私人创办的学校。在后汉时，此种学校达一百余所，各校学生有五六百人的，也有一二千人的。但因私人住宅无法容纳，所以在学校附近就有许多做小买卖的商店应运而生，以供应学生的衣着和食宿。

其后学校的开办，主要地便是为适应此种考试制度而设，学校学生根据政府订定的标准，大家去努力竞争。最初应考的人还有阶级的限制，就是只有士大夫阶级才能应试。后来这种阶级观念也打破了，只问是否及格，而不问来历。考试制度其后也逐渐改进，在唐朝时，还有人到处送自己的卷子，此种办法易影响主考人的观念，所以大家觉得不妥当而加以禁止。到宋朝真宗时代，更采用密封糊名的办法，完全凭客观的成绩来录取人才。

由于考试制度的渐趋严密和阶级制度逐渐打破，所以无论出身如何寒微的人，都有应考的机会和出任官吏的可能。

以前我在外国，有人要我讲中国的考试制度，我便引用一个戏台上的故事，就是《鸿鸾禧》所描写的"金玉奴棒打薄情郎"。这个戏也许大家都看过，是叙述一个乞丐头儿金松的女儿金玉奴，在一个寒冷的冬天打开大门看见有人僵倒在地上，便和他父亲把这个人救活了。那个人是一位来京应试的穷书生，因为没有钱，又饥又饿，所以冻僵在门前。后来金玉奴请他父亲把他收留了，这个书生不久便做了金松的女婿，并且考中了进士，还不能做知县，只在县中做县尉、县丞之类的小官。但是他做了官之后，总觉得当一个乞丐头的女婿没有面子，所以在上任的路上，便要设法解决他的太太。在一个月明星稀的晚上，他叫她走出船头，硬把她推下水去，但想不到金玉奴却被后面一只船的人救起来。这个船上的主人便是那书生的上司，他询明情由，就收金玉奴为养女，等到那书生到差之后，仍将她嫁回给他。于是在洞房之夜，金玉奴便演出了棒打薄情郎这幕喜剧。

这个故事是说明那个时候的人，谁都可以参加考试和有膺选的机会，完全没有阶级的限制。这种以客观的标准和公开竞争的考试制度，打破了社会阶级的存在，同时也是保持中国两千多年来的统一安定的力量。

我认为中国到现在还是没有阶级存在的。穷富并不是阶级，因为有钱的人可能因一次战争或投机失败而破产，贫穷的人亦可以积累奋斗而致富，不像印度那样，有许多明显的阶级存在。我国的阶级观念已为考试制度所打破。

再说考试制度对于国家的统一也有很大的关系。从前的交通非常不便，不像现在到甘肃，到四川，坐飞机只花几个小时就可以到，并且还有火车、汽车和轮船等交通工具。在古时那种阻塞的情形下，中央可以不用武力而委派各地以至边疆的官吏来维持国家的统一达两千多年，这实在是有其内在的原因，就是由于考试制度的公开和公平。当时中央派至各地的官吏（现在称之为封建制度，我却认为并不怎样封建，因为不是带了许多兵马去的）皆由政府公开考选而来。政府考选人才固然注意客观的标准，同时也顾及各地的文化水准，因此录取的人员并不偏于一方或一省，而普及全国。在文化水准低的地方，也可以发现天才，有天才的人便可以考中状元，所以当选的机会各地是平等的。

同时还有一种回避的制度，就是本省的人不能任本省的官吏，而必须派往其他省份服务。有时候江南的人派到西北去，有时候西北的人派到东南来。这种公道的办法，大家没有理由可以反对抵制。所以政府不用靠兵力和其他工具来统治地方，这是考试制度影响的结果。

今天我到考试院来，班门弄斧地说了一套关于考试制度的话，一定很多人不愿意听，所以我向大家告罪。

再说到本题来，即从汉朝以后，考试和教育的关系。那时候的学校差不多都是为文官考试制度而设，迄至隋唐，流于以文取士的制度。本来考试内容包含多种，除进士外，有天文、医学、法律、武艺等，不过进士却成为特别注重的一科。进士是考诗经、辞赋的，即是以创作文学为标准，社会的眼光也特别重视这一科。有女儿的人家，要选进士为女婿，女子的理想丈夫就是状元进士。这种社会风气改变了考试的内容。本来古代考试不单纯是做诗词或八股文章，不过因为后来大家看不起学法律和医药的人，觉得这种学问并不是伟大的创作，而进士却能在严格的范围内来创作文学，当然应看作是天才了。社会这种要求并不是没有道理，不过因为太看重进士，所以便偏于以进士科为考试制度的标准。

至王安石时，他想变更这种风气而提倡法治，研究法律。但是他失败以后，便依然回复到做八股文章，走上错误的道路。但这种错误是基于当时的社会背景的。

因为考试内容的改变，便影响到学校的教育。考试要用诗赋，学堂的教育便要讲诗赋，考试要用八股文章，学堂教育便要讲八股文章。社会的要求和小姐们的心理影响了考试制度，考试制度也影响了学校教育的内容。

由进士科考取的人才，多数是天才，天才除了做诗赋和八股之外，当然还可以发挥其天才做其他的事业，所以这并不是完全失败的制度。此处并非说我同情进士制度（我是最反对做律诗和八股文的），不过我们要知道这是有历史背景的。

我近年来，在国外感觉到，中国文化对世界有一很大的贡献，就是这种文官考试制度。没有其他的民族和国家，其考试制度会有二千多年的历史的。我们即以隋唐到现在来说，已有一千四百年，唐朝迄今，有一千三百年，宋朝迄今，也有九百多年，没有别的国家能有这样早的考试制度。我国以一个在山东牧豕出身的公孙弘先生，能于二千年前有这种见地，实在是件了不起的事。

再从世界的眼光来看，中国考试制度也影响了别的国家。哈佛大学的《亚洲研究杂志》前年刊登一篇北京大学教授丁士仪先生写的文章，题为"中国文官考试制度影响英国文官考试制度的研究"。丁先生特别搜寻英国国会一百多年来赞成和反对采用中国文官制度的历次讨论记录，用作引证，并说明十八世纪（其实早在十七世纪）便有耶稣会的传教士介绍中国的历史文化和政治制度到欧洲，其中便曾有人提到中国的考试制度。首先在法国革命时（纪元1791年），法国革命政府宣布要用考试制度，这思想是受了中国影响的，不过后来革命政府失败，所以没有实现这个制度。其后这种思想由欧洲大陆传入英国，英国当时有所谓"公理学派"，主张改革政治、改革社会以谋取最大多数人类的最大幸福为目标（这个学派也可称为幸福主义学派），他们同样看重中国的文官考试制度，主张英国也应加以采用。

后来英国议会讨论这个问题时，有赞成和反对的两派意见。赞成派的理由是，中国能维持几千年的统一局面，主要的是因为政府采用这种公开的客观的考试制度；反对派则认为中国自鸦片战争以来，历次对外打败仗，所以不应仿效中国的制度。

由此可知，无论赞成的和反对的，都承认这是中国发明的制度。

后来英国先在印度和缅甸试行这种制度，到十九世纪以后，再在国内施行。

其后德国也采用考试制度，不久复传到美国。这都是直接或间接受到中国影响的。

在太平天国时代（十九世纪中叶），英国出版一本书叫作《中国人与中国革命》，这本书前面有个附录，是一个英国官员向英政府及人民写的条陈，要求英国采用中国的文官考试制度。

由这些事例，可以看出中国文官考试制度影响之大及其价值之被人重视，这也是我们中国对世界文化贡献的一件可以自夸的事。

现在我们的考试已经不采用诗词了（考试院的各位先生平常作诗作词，不过是一种余兴），考试的内容已和世界各国相差无多。比之古代，虽然进步了很多，但是我们回过头看，现在却缺少了上面所讲过的社会上的心理期望。

现在人家择女婿，不以高考及格为条件的，小姐们的理想丈夫也不是高考第一名的先生！现在大家所仰慕的，高考还不够，要留学生，顶好是个博士，而且是研究工程的，这是一个显明的事实。

尽管现在社会对考试制度已较民国二十年时认识得清楚，参加考试人数也已增多，但是小姐们并不很看重高考及格的人员。我们不可忽视，小姐是有影响考试制度的相当权力的。

怎样才能使社会人士和小姐们养成对考试制度的重视呢？

我还没有方案来答复大家这个问题。

我曾和戴院长谈过北京大学一个学生的故事。这个学生今年毕业，是学法律的，中英文都很好。他的毕业论文，全篇用英文写成，故被目为该系成绩最优的一个。学校要留他当助教，他说"谢谢，我不干"。北平地方法院的首席检察官在学校兼课，也邀他到法院去帮忙，他也说"谢谢，我不干"。后来一查，他的毕业论文虽做了，却没有参加毕业考试，原来他到一个私立银行当研究生去了。他的薪金比敝校的校长还要多，他用不着参加考试，因为这个私立银行是不用铨叙的。

我有三十二张博士文凭（有一张是自己用功得来，另三十一张是名誉博士），又当了大学校长，但是我所拿的薪金，和一个银行练习生相差不多。我并不是拿钱做标准来较量，但是在这种状态之下，如何能使社会的人士对考试及格的人起一种信仰呢？

我希望各位在研究国内外各种高深学问之余，再抽时间看明朝以来三百年间流行的才子佳人小说，研究一下怎样才可以恢复过去社会上对考试制度敬重的心理，就算我出这个题目来考考大家。

1947 年 7 月在考试院演讲

胡　适（1891—1962），原名嗣穈，学名洪骍，字希疆；后改名胡适，字适之，笔名天风、藏晖等。安徽绩溪人。因提倡文学革命而成为新文化运动的领袖之一。历任北京大学教授、北京大学文学院院长、中华民国驻美利坚合众国特命全权大使、北京大学校长等职。胡适兴趣广泛，著述丰富，在文学、哲学、史学、考据学、教育学、伦理学、红学等诸多领域都有深入的研究，被誉为现代思想文化界最稳健、最优秀、最高瞻远瞩的哲人智者。

对于新学制的感想

胡　适

我对于第七次全国教育会联合会议决的学制系统草案，大致都很满意。陶行知先生要我把我个人对于这个草案的意见写出来。我觉得这个问题很重要，这个讨论的时期尤其重要，故我不敢推辞，就把我的几个感想——或是赞同，或是疑问——都写了出来，请国内教育家指教。

一、　关于初等教育的一段

新学制改小学七年制为六年制，废去国民学校与高等小学的名称，统称为小学校，但得分为二期：第一期四年，第二期二年。这个改革把小学的年限缩短了一年。我想这一层有几层好处：第一，省出一年来，加在中等教育上去，使六年的中学制容易实行。第二，当此义务教育未能实行的时候——后三年

的实行更不知在何年！——缩短一年便可以减轻学生家属一年
的负担。第三，有人疑心年限的缩短便是程度的降低，这是错
的。小学改用语体文以后，时间应该可以大缩短，而程度可以
不必降低。但这个责任，课程与教科书也应该分担一部分。若
把旧日古文体的教科书翻成了白话就算完了事，那是决不行的。
小学里用白话教授，教学的困难可以减去不少，教学的效率应
该可以增加。若仍旧一课只能教"一只手，一只右手"，那就是
大笑话了。

新学制关于初等教育还有一个大长处。总说明第四条云：

> 教育以儿童为中心，学制系统宜顾及其个性及智能，
> 故于高等及中等教育之编课，采用选科制；于初等教育之
> 升级，采用弹性制。

又第五条云：

> 图之左行年龄，以示入学及升级之标准。但实施时，
> 仍以其智力与成绩或他种关系分别入学或升级。

这个弹性制是现在很需要的。现在的死板板的小学对于天
才儿童实在不公道，对于受过很好的家庭教育的儿童也不公道。
我记得十七年前，我在上海梅溪学堂的时候，曾在十二日之中
升了四级。后来在澄衷学校，一年之后也升了两级。我在上海

住了五年多，换了四个学校，都不等到毕业就跑了。那时学制还没有正式实行，故学校里的升级与转学都极自由，都是弹性的。现在我回想那个时代，觉得我在那五年之中不曾受转学的损失，也不曾受编级的压抑。我很盼望这个弹性主义将来能实行；我很盼望办小学的人能随时留心儿童才能的个性区别，使天才生不致受年级的制限与埋没。当此七年小学制未废止的时候，我知道有许多儿童可以不须七年的；将来六年制实行之后，也许一些儿童还可以缩短修业年限的。当缩短而不缩短，不但耽误了天才的发展，还可以减少求学的兴趣，养成怠学的不良结果。

二、 关于中等教育的一段

新学制把中学的修业期限由四年改为六年，分作两级：前一级为初级中学，或三年，或四年，或二年；后一级为高级中学，或三年，或二年，或四年。中学改为六年是很好的，但我有几点疑问。现在的中学可算是失败了，但失败的原因并不全在四年时间之短，乃在中学教员之缺乏与教授之不得法。年限的加长并不能救现在中学的弊病。用现在办中学的人，不变现在的教授法，即使六年的工夫全用来教现制中学四年的课程，也是不会有进步的。何况新制的六年中学，除了做完现制四年的中学课程之外，还要做完大学预科和高专预科的课程呢！现在单办中学，人才还不够用；将来办这些兼大学预科的中学，又从哪里得人才呢？这几点都是我们应该注意的。

大学及各种高等专门学校皆不设预科，这固是我极赞成的。我常说，民国元年的学制把各省的高等学堂都废去了，规定"大学预科须附设于大学，不得独立"，那是民国开国的一件大不幸的事。因为其一，各省设立大学的一点小基础，从此都扫去了；其二，各省从此没有一个最高学府了，本省的高等人才就不能在本省做学术上的事业了；其三，大学太少了，预科又必须附在大学，故各省中学毕业生为求一个大学预科的教育，必须走几千里路去投考那不可必得的机会，岂不是太不近情理吗？试想四川、云南、贵州的中学毕业生必须跑到北京、南京方才有一个投考预科的机会，这两年的预科教育值得这么大的牺牲吗？

新学制主张废止预科，使各省的高级中学都可以做大学预科和高专预科的课程，这就等于添设无数大学高专的预科了，这是极好的意思。但是有一个大疑问。现在国立大学（北京、山西等）的预科成绩实在不能满人意。我们自己承认北京大学的预科办得实在不好，但是北京请教员自然比他处容易多多了；国立各大学对于预科教员的待遇，自然比将来高级中学教员的待遇要高得多了。北京的预科办不好，将来的高级中学分作现在预科的职务能更满意吗？这不是很可注意的一个疑问吗？

综合以上各点，我们对于新制六年中学的办法不能不提出几条辅助的条件：

第一，高级中学之设立必须十分审慎。经费、设备、人才、教员资格、课程等项，必须有严格的规定。

第二，高级中学教员之待遇，须与现在大学预科教员的待遇略相等。

三、 余论

有许多别的问题，我不能讨论了。我现在且下两三个普通的观察。

（一）新学制的特别长处在于它的弹性。它的总标准的第三、第五两条是："发展青年个性，使得选择自由"；"多留各地方伸缩余力"。这就是弹性。学校的种类加多了，中等学校的种类更加多了，使各地方可以按照各地方的需要与能力，兴办相当的学校。职业教育多至六种以上，年限有一年至六年的不同，内容有完全职业的与由普通而渐趋向职业的两大类。中学修业年限也有四二、三三、二四的不同，大学也有四年、五年、六年的不同。这还是新制哩。若加上现制未能即改的种种学校，那就真成了一个"五花八门"的学制系统了！但这个"五花八门性"正是补救现在这种形式上统一制的相当药剂。中国这样广大的区域，这样种种不同的地方情形，这样种种不同的生活状况，只有五花八门的弹性制是最适用的。

（二）学制系统的改革究竟还是纸上的改革，它的用处至多不过是一种制度上的解放。我们现在需要的是进一步研究这个学制的内容。内容的研究并不是规定详细的课程表，乃是规定每种学校的最低限度的标准。这件事决不是教育部的几个参事、司长能办到的。我很盼望国内的教育家应该早日做细密的研究，把研究的结果发表出来，引起公开的讨论。

（三）前日听见孟禄博士说，他对于学制改革，主张"一种新制学校非到办理有成效时，不得代替同种的旧制学校"。这是一个极重要的忠告。我们决不可随便把旧制学校的招牌改了就算行新制了。这种"换汤不换药"的法子是行不得的。我以为新制的大部分（中学一段尤其如此）应该从试验学校办起，旧制之下的学校暂时不去改动；旧制学校非确有最高成效为专家公认的，不得改为新制。等到试验学校的成效已证明了，然后设法推行这个新制。

傅斯年（1896—1950），字孟真。著名历史学家、教育家，"五四"运动期间北京大学学生领袖之一。1913年考入北京大学预科，1916年升入北京大学文科。1918年夏与罗家伦等组织新潮社，创办《新潮》月刊并任主编。1920年赴英国、德国留学。1928年创办中央研究院历史语言研究所并任所长。1948年当选为中央研究院院士。他所提出的"上穷碧落下黄泉，动手动脚找材料"这一历史研究的原则影响深远。后人辑有《傅斯年全集》。

教育改革中几个具体事件

傅斯年

关于教育改革之具体问题，原则上我们可以有些意见。其施行的详细方案乃是教育当局的事，我们局外人既无材料在手，自然无从悬推。

教育改革具体方案之原则，一时想来有下列数事。

（一）全国的教育，自国民教育至学术教育，要以职业之训练为中心的。这话不是江苏省教育会一系人之老调头，他们的办法是把学校弄成些不相干的职业的"艺徒学堂"。幼年人进学堂，如进工场一般，这是极其不通的。我们乃是主张学校中的训练要养成幼年人将来在社会服务的能力，养成一种心思切实、态度诚实、手脚动得来、基本知识坚固的青年。所以中小学虽有化学，然而如竟专心制起胰子来；虽有物理，然而专心做起电灯匠来：都是大可不必的。不过，化学虽不造碱，而必使中学毕业生在化学工场中做起事来，能应用他在学校中学的化学知识；在农场中做起事来，能应用他在学校中学的动植物知识，然后这教育不是失败的。

在这"职业训练"的要求之下，我以为中小学的课程应注意下列数事：

甲，将中小学课程之门类减少至最低限度，仅仅保留国文、英文、算学、物理、化学、自然知识、史地知识、体育等，而把一切不关痛痒的人文科目一律取消。一面将党义的功课坚实地改良，使其能容纳些可靠的人文知识，不专是一年又一年地叫口号。当年黄炎培等人拟高中章程，竟有了文化史和人生哲学。这个题目在欧洲尚不曾建设得能够包含着基本训练之意义，试问中国有谁配教这门功课？在高中又如何教法？……

乙，每一科目宁缺毋滥。在城市的学校可减除自然知识，在乡村学校亦可酌量减除些科目，只有国文、英文、算学是绝对不可少的。每一科目既设之后，必求有实效，国文非教得文理精通、文法不错不可；英文非教得文法了然、有些实用不可；算学非教得有算术、几何、代数、最浅解析几何、最浅微分之基础知识，而能实用不可（此限度就高中言）；物理非教得对于电灯、肥皂泡、天气变化、热力功用等一切我们四围环境中遇到的事件，能与书本上的指示连起来不可；植物非教得能把我们园中的植物拿来分类认识出来不可。一切功课都步步跟着实验，教科书不过是一个参考的手本，训练的本身乃在动手动脚处。国文、英文也不能是例外的，历史要教到坚实而不盲目的民族主义深入心坎中，同时知道世界文化之大同主义；地理要教得知道世界各地物质的凭借，及全国经济生活之纲领，若专记上些人名、地名、年代、故事，乃真要不得的。为实现这样的课程，教育部有设置几个专科的课程编定委员会之必要。

照这样做下去，然后以下列的标准考察一个学校办得成功与失败：第一，学生的手脚是否有使用他的课本上的知识的能力；第二，学生能不能将日常环境中的事与课本上的知识连贯起来。能，便是训练得有效；不能，便是制造废物了。这样的训练，不特可以充分发育一个人之用处、一个人将来在职业上的用处，并可以防止安坐享受的习惯、思想不清的涵养、做士大夫的架子。

（二）全国的教育要有一个系统的布置。民国以来的教育，夏司谓"自由发展"了，其结果是再紊乱不过的。私立学校随便开，大学随便添，高中满了全国。即令这些学堂都好，也要为社会造出无数失业的人来，而况几乎都不成样子。现在教育部有下列的几个当务之急：第一，做一个全国教育的统计，同时斟酌一下，中国到底需要些哪样人，然后制定各校各科的人数，使与需要相差不远。第二，使公立学校在上下的系统上与地方的分配上有相当的照应。第三，限制私立学校，使它不紊乱系统。第四，最要紧的——国民教育、普通教育、职工教育、学术教育，中间之相接、相配合处厘定清楚，务使各方面收互相照应之功效，而不致有七岔八错之形态。

（三）教育如无相当的独立，是办不好的。官治化最重之国家当无过于普鲁士。试以普鲁士为例，虽说大学教授讲座之选补权亦操之教育部，一切教育行政皆由部或地方官厅令行之，然其教育界实保有甚大之自治力量，行政官无法以个人好恶更动之。当年以德皇威廉第二之专横，免一个大学校长的职，竟是大难；革命后普鲁士教育部长免了一个国立歌剧院院长的职，竟发生了大风波。如熟悉德国教育情形，当知高等教育权皆在所谓秘密参议手中，普通教育权皆在所谓学事参议手中，其用人行政，一秉法规，行政官是不能率然变更的。这样子固然有时生出一种不好的惰力，然而事件总不至于大紊乱。中国的教育厅长、特别市教育局长可以随便更换，这犹可说他们是政务官，然而厅长、局长竟能随便更变校长，一年数换，于是乎教员也是一年数换了。服务教育界者朝不保夕，他们又焉得安心教书？又焉得不奔竞、不结党营私？

所以政府的责任：第一是确定教育经费之独立，中央的及地方的；第二是严格审定校长、教员、教授的资格，审定之后，保障他们的地位；第三，教育部设置有力量的视学，教厅亦然，参以各种成绩之考核，纯然取用文明国家文官制度（civil service）之办法，定教育界服务人员之进退及升级补缺。河南省的教育经费能独立，山东省的教育换过长官，其结果便比江苏、安徽好得多，这真足值得注意的。

（四）中国的教育是自上腐败起，不是自下腐败起。民国二十年来的事实可以完全证实此说。教育部没有道理了，然后学制紊乱，地方教育长官不得人，校长不成样子，然后教员不成样子，然后学生的风纪不堪问了。政府有时稍稍表示认真的决心，每收意想不到的效果。如民国十五年国府在广东时，把中山大学解散了，教授重行聘任，学生须经甄别，当时的中山大学真可谓党派斗争之大集合，亦是学潮的博物馆。然而政府一经表示决心之后，竟全无问题，于是中山大学有了三年的读书生活，以后仍是政府措施不当，然后风潮又起来的。又如此次政府表示整顿中央大学的意思，不特在中大办下去了，即远在北平的大学，也望风软化，虽以刘哲一样的人，尚能以决心平服北平教育界，而况其他？……所以我的看法是：教育之整顿，学风之改善，其关键皆自上而下，都不是自下而上。若大学校长永远任用非人，虽连着解散几次又何益？然则今之政府之责任，在整顿自己责任内的事……所谓政府责任内事者，大致有下列二项：

甲，把教育部建设成一个有技术能力的官厅，以法兰西、普鲁士的教育部为榜样做去，不特参事、司长不能用一无所能的人，即科长、科员亦必用其专门之长。此外更设统计处，以便全国教育事项了如指掌，设教材编纂处，不再审定些亡国的教科书。

乙，厅长、大学校长、教育局长必须用得其人。其人若有人品、有见识、有资望，自然没有学潮，有也不至为大害。以我个人教书的经验论，学生多数是好学生，我一向对学生极严厉，并没遇到反响，所见的学生捣蛋，皆自教员不振作而起。

（五）教育当局要为有才学的穷学生筹安顿。中国的家庭是世界上最腐败的，中国的家庭教育是世界上最下等的，所以严格说去，中国无"世家"之可言了。惟其如此，故贤士干才多出于贫寒人家，环境之严苦锻炼出人才来，不是居养的舒服能培植德性的。科举时代，穷人是比较有出路的，一来由于当年读书本用不了许多钱，二来由于当年义学、宗塾、廪膳膏火、书院奖励、试馆等制度，大可帮助有才无钱的人。今日之学校教育，用钱程度远在当年之上，并无一切奖金、助金。国家号称民国，政治号称民权，而贫富之不平更远甚，成个什么样子？不特就人道的立场言，极其不平；即就政治的作用论，也是种下一个最大的危险种子。所以我来提议：

甲，把自大学至小学的经费抽出至少百分之五来做奖学金。

乙，把一切无成绩的省立大学停止了，改成奖学金（国外留学金在内）。

丙，把一切不成样子的私立大学停止了，收他们的底款为奖学金。

丁，一切私立学校不设奖学金者，不得立案。

戊，学费一面须收得重，奖学金额一面复设得多。

于是国家有国家的奖学金，省有省的奖学金，县有县的奖学金，学校有学校的奖学金，团体有团体的奖学金。于是学生用功了，穷学生尤其用功了，学校的风气自然好，社会的秩序自然改善。

此外关于学术教育的事项，后来再论。

胡适（1891—1962），原名嗣穈，学名洪骍，字希疆；后改名胡适，字适之，笔名天风、藏晖等。安徽绩溪人。因提倡文学革命而成为新文化运动的领袖之一。历任北京大学教授、北京大学文学院院长、中华民国驻美利坚合众国特命全权大使、北京大学校长等职。胡适兴趣广泛，著述丰富，在文学、哲学、史学、考据学、教育学、伦理学、红学等诸多领域都有深入的研究，被誉为现代思想文化界最稳健、最优秀、最高瞻远瞩的哲人智者。

学术救国

胡 适

今天时间很短，我不想说什么多的话。我差不多有九个月没到大学来了，现在想到欧洲去。去，实在不想回来了！能够在那面找一个地方吃饭、读书就好了。但是我的良心是不是就能准许我这样，尚无把握。那要看是哪方面的良心战胜。今天我略略说几句话，就作为临别赠言吧。

去年八月的时候，我发表了一篇文章，说到救国与读书的，当时就有很多人攻击我。但是社会送给名誉与我们，我们就应该本着我们的良心、知识、道德去说话。社会送给我们领袖的资格，是要我们在生死关头上出来说话做事，并不是送名誉与我们，便于吃饭拿钱的。我说的话也许是不入耳之言，但你们要知道，不入耳之言亦是难得的呀！

去年我说，救国不是摇旗呐喊能够行的，是要多少多少的人投身于学术事业，苦心孤诣实事求是地去努力才行。刚才加藤先生说新日本之所以成为新日本之种种事实，使我非常感动。日本很小的一个国家，现在是世界四大强国之一，这不是偶然来的，是他们一般人都尽量地吸收西洋的科学、学术才成功的。你们知道无论我们要做什么，离开学术是不行的。

所以我主张要以人格救国，要以学术救国。今天只就第二点略为说说。

在世界混乱的时候，有少数的人不为时势转移，从根本上去做学问，不算什么羞耻的事。"三一八"惨案过后三天，我在上海大同学院讲演，我是这个意思。今天回到大学来与你们第一次见面，我还是这个意思，要以学术救国。

这本书是法人巴士特（Pasteur）的传，是我在上海病中看的，有些地方我看了我竟哭了。

巴氏是1870年普法战争时的人。法国打败了。德国的兵开到巴黎把皇帝捉了，城也占了，订城下之盟赔款五万万。这赔款比我们的庚子赔款还要多五分之一。又割亚尔撒斯、罗林两省地方与德国，你们看当时的文学，如像莫泊桑他们的著作，就可看出法国当时几乎亡国的惨相与悲哀。巴氏在这时业已很有名了。看见法人受种种虐待，向来打战没有被毁过的科学院，这回都被毁了。他十分愤激，把德国波恩大学（Bonn）所给他的博士文凭都退还了德国。他并且做文章说："法兰西为什么会打败仗呢？那是由于法国没有人才。为什么法国没有人才呢？那是由于法国科学不行。"以前法国同德国所以未打败仗者，是由于那瓦西尔（Lauostes）一般科学家有种种的发明足资应用。后来那瓦西尔他们被革命军杀死了。孟勒尔（Moner）将被杀之日，说："我的职务是在管理造枪，我只管枪之好坏，其他一概不问。"要科学帮助革命，革命才能成功。而这次法国竟打不胜一新造而未统一之德国，完全由于科学不进步。但二十年后，英人谓巴士特一人试验之成绩，足以还五万万赔款而有余。

巴氏试验的成绩很多，今天我举三件事来说：

第一，关于制酒的事。他研究发酵作用，以为一个东西不会无缘无故地起变化的，定有微生物在其中作怪。其他如人生疮腐烂、传染病，也是因微生物的关系。法国南部出酒，但是酒坏损失甚大。巴氏细心研究，以为这酒之所以变坏，还是因其中有微生物。何以会有微生物来呢？他说有三种：一是由空气中来的，二是自器具上来的，三是从材料上来的。他要想避免和救济这种弊病，经过许多的试验，他发明把酒拿来煮到五十度至五十五度，则不至于坏了。可是当时没有人信他。法国海军部管辖的兵舰开到外国去，需酒甚多，时间久了，老是喝酸酒，就想把巴氏的法子来试验一下，把酒煮到五十五度，过了十个月，煮过的酒通通是好的，香味颜色分外加浓，没有煮过的全坏了。后来又载大量的煮过的酒到非洲去，也是不坏。于是法国每年之收入增加几万万。

第二，关于养蚕的事。法国蚕业每年的收入极大。但有一年起蚕子忽然发生瘟病，身上有椒斑点，损失甚大。巴氏遂去研究，研究的结果，没有什么病，是由于做蛹变蛾时生上了微生物的缘故。大家不相信，里昂曾开委员会讨论此事。巴氏寄甲、乙、丙、丁数种蚕种于委员会，并一一注明，说某种有斑点，某种有微生虫，某种当全生，某种当全死。里昂在专门委员会研究试验，果然一一与巴氏之言相符。巴氏又想出种种简单的方法，使养蚕的都买显微镜来选择蚕种，不能置显微镜的可送种到公安局去，由公安局员替他们检查。这样一来，法国的蚕业大为进步，收入骤增。

第三，关于畜牧的事。法国向来重农，畜牧很盛。十九世纪里头牛羊忽然得脾瘟病，不多几天，即都出黑血而死，全国损失牛羊不计其数。巴氏以为这一定是一种病菌传入牲畜身上的缘故，遂竭力研究试验，从1877年到1881年都未找出来。当时又发生一种鸡瘟病。巴氏找出鸡瘟病的病菌，以之注入其他的鸡，则其他的鸡立得瘟病。但是这种病菌如果放置久了，则注入鸡身，就没有什么效验。他想这一定是氧气能够使病菌减少生殖的能力，并且继续研究把这病菌煮到四十二度与四十五度之间则不能生长。又如果把毒小一点的病菌注入牲畜身上，则以后遇着毒大病菌都不能为害了。因为身体内已经造成了抵抗力了。

当时很有一般学究先生们反对他，颇想使他丢一次脸，遂约集些人买了若干头牛、若干头羊，请巴氏来试验。巴氏把一部分牛羊的身上注上毒小的病菌两次，第三次则全体注上有毒可以致死的病菌液。宣布凡注射三次者，一个也不会死；凡只注射一次者，一个也不会活。这不啻与牛羊算命，当时很有些人笑他并且替他担忧。可是还没有到期，他的学生就写信告诉他，说他的话通通应验了，请他赶快来看。于是成千屡万的人来看，来赞颂他，欢迎他，就是反对他的人亦登台宣言说十分相信他的说法。

这个发明使医学大有进步，使全世界前前后后的人都受其赐。这岂止替法还五万万的赔款？这简直不能以数目计！

他辛辛苦苦地试验四年才把这个试验出来，谓其妻曰："如果这不是法国人发明，我真会气死了。"

此人是我们的模范，这是救国。我们要知道，既然在大学内做大学生，所做何事？希望我们的同学、朋友注意，我们的责任是在研究学术，以贡献于国家社会。

没有科学，打仗、革命都是不行的！

1926 年 7 月在北京大学演讲

蒋梦麟（1886—1964），中国近现代著名教育家。1908年赴美留学。1912年从加州大学毕业，到哥伦比亚大学继续研修教育，1917年获博士学位后回国。1919年主编《新教育》月刊，同年任北京大学教育系教授兼总务长。1927年任国民政府教育部长。1930年任北京大学校长。1938年任西南联大校务委员会常委。1941年兼任红十字会中国总会会长。著有《西潮》《孟邻文存》《新潮》等。

高等学术为教育学之基础

蒋梦麟

自十九世纪科学发达以来，西洋学术莫不以科学方法为基础；即形上之学，亦以此为利器。至今日一切学问，不能与科学脱离关系，教育学亦然。故今日之教育，科学的教育也。舍科学的方法而言教育，是凿空也，是幻想也。幻想凿空，不得谓二十世纪之学术。

二十世纪之学术，既为科学的，然科学厥有二种：曰纯粹科学，曰实践科学，或曰应用科学。纯粹科学，独立而不依，不借他科学为基础，如物理、化学、算学是。实践科学，又曰复杂科学，不能离他科学而独立，如工程学、政治学、教育学是。工程学之基础，物理、化学、算学也。政治学之基础，历史、地理、人种、理财、心理、社会诸学也。教育既非纯粹科学，必有借乎他科学。然则其所凭借者，为何科乎？曰：欲言其所凭借，必先言教育学之性质。

（一）教育为全生之科学。何谓全生？在英字为"complete living"，即言享受人生所赐予之完满幸福。英儒斯宾塞以教育为预备人类生活之方法，分此方法为四步：直接保护生命者为第一步；间接保护生命者为第二步；保护传种为第三步；供给消遣娱乐为第四步。（见斯宾塞 *Education*）直接保护生命者，例如衣、食、住是也。间接保护生命者，例如政府、社会是也。保护传种者，例如嫁、娶是也。供给娱乐者，例如文学、美术、渔猎、旅行是也。是数者备，则全生矣。子华子曰：全生为上，亏生次之，死又次之，迫生为下。全生者，六情皆得其宜也。亏生者，六情分得其宜也。迫生者，六情莫得其宜也。斯宾塞之论全生，以生理学为起点，子华子则以人之感情为起点。其起点虽不同，而将欲达乎全生则一也。社会进化，人类生活日趋丰富；教育者，所以达此丰富生活之方法也。

（二）教育为利群之科学。明德新民，己欲立而立人。个人与社会固相成而谋人类进化者。社会愈开明，则个人之生活愈丰富；个人生活丰富之差度，则亦与社会程度之高低成正比例。盖合健全之个人，而后始有健全之社会。故求全生而广大之，即所以利群，利群即所以求全生也。社会不振，个人之自由必为之压迫，个人之幸福必为之剥削，则亏生者众矣。故全生者，教育之目的；利群者，达此目的之一方法也。

（三）教育为复杂之科学。人生至繁。即以物质上言之，一人之所需，百工斯为备。若概精神而言之，则所需之广，何啻倍蓰。教育既以人生为主体，故凡关于人生之问题，必加研究，教育之事遂繁。此必赖乎各种科学之基，综合其所得之真理而利用之，此即二十世纪新教育之方法也。爰撮大要，为表如左（下）：

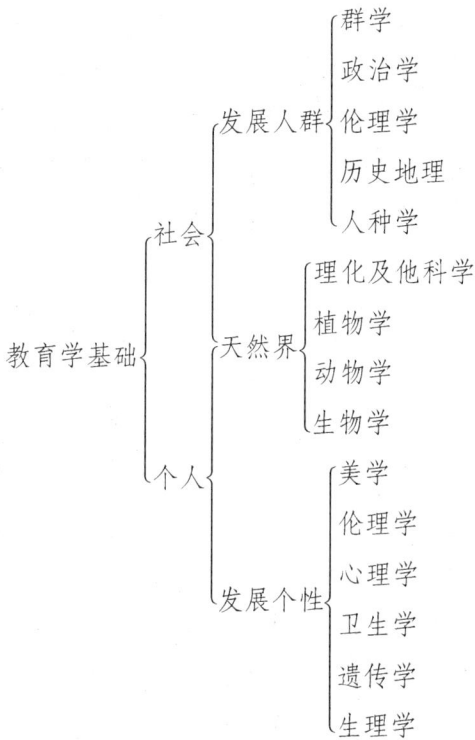

教育学基础
- 社会
  - 发展人群
    - 群学
    - 政治学
    - 伦理学
    - 历史地理
    - 人种学
  - 天然界
    - 理化及他科学
    - 植物学
    - 动物学
    - 生物学
- 个人
  - 发展个性
    - 美学
    - 伦理学
    - 心理学
    - 卫生学
    - 遗传学
    - 生理学

复杂之科学，既有赖乎他种科学；教育学之有赖乎高等学术也明矣。观上表，知教育学不能离他科学而独立，则其有赖乎高等学术也更明矣。

离社会则不能言教育，舍个人则更不能言教育。盖个人为教育之体，社会为教育之用，两者兼则教育之体用备。然将何以达此体用乎？曰：此即有赖乎高等学术也。个性将何以发展乎？曰：必先习乎生理、遗传、卫生、心理、论理、美感诸学。人群将何以发展乎？曰：必先习乎人种、历史、地理、伦理、政治、群学诸科。个人与社会，日与天然界接触，且事事物物皆在天然律范围之内。即宋儒所谓事事物物皆有至理，朱子解理字曰：理有二方面，曰：何以如此？曰：所以如此。所以如此者，天然律之体；何以如此者，天然律之用。欲识天然律之体用，必先习乎生物、动物、植物、理化诸科。

以上所述各科学，凡研究较深者，皆得称之曰高等学术。不博通乎此，则不可以研究教育。以西洋而论，大教育家中如亚利士多得（Aristotle）、马丁·路得（Martin Luther）、福禄培（Froebel）、斯宾塞（Spencer）诸子，何一非大学问家？以吾国而论，大教育家中如孟子、荀子、程明道、伊川、陆象山、朱晦庵、胡安定、王阳明诸子，何一非大儒？即以现今西洋社会而论，彼握教育枢纽者，谁非为人所信仰之学问家？其教育院中之学子，何一非兼长他学？有真学术，而后始有真教育，有真学问家，而后始有真教育家。吾国自有史以来，学问之堕落，于今为甚。今不先讲学术，而望有大教育家出，是终不可能也。无大教育家出，而欲解决中国教育之根本问题，是亦终不可能也。或曰："方今士夫，竞为虚浮，欺世盗名，弁髦学术。子毋作迂阔之言而自速讪谤！"余曰："其然乎？是诚余之迂也！"

(《过渡时代之思想与教育》)

胡　适（1891—1962），原名嗣穈，学名洪骍，字希疆；后改名胡适，字适之，笔名天风、藏晖等。安徽绩溪人。因提倡文学革命而成为新文化运动的领袖之一。历任北京大学教授、北京大学文学院院长、中华民国驻美利坚合众国特命全权大使、北京大学校长等职。胡适兴趣广泛，著述丰富，在文学、哲学、史学、考据学、教育学、伦理学、红学等诸多领域都有深入的研究，被誉为现代思想文化界最稳健、最优秀、最高瞻远瞩的哲人智者。

大学教育与科学研究

胡　适

方才进礼堂来，看大家都是有颜色的，我却是没颜色的。我在政治上没有颜色，在科学上也没有颜色。我也可算是一个科学者，因为历史也算一种科学。凡是用一种严格的、求真理的、站在证据之上来立说，来发现真理，凡拿证据发现事实，评判事实，这都是一种科学的。希望明年双十节，史学会也能参加这会，条子也许会是白颜色的。

我今天讲一个故事，希望给负责教育行政或负责各学会大学研究部门的先生们一点意见。我讲的题是"大学教育与科学研究"。不用说，科学研究是以大学为中心，在古代却以个人为出发点，以个人好奇心理来造些粗糙器皿。还有，为什么科学发达起于欧洲呢？这一点很值得注意。对这虽有不少解释，可是我认为种种原因都不重要，最重要的是，自中古以来留下好几十个大学。这些大学没有间断，如意大利伯罗尼亚大学，法国巴黎大学，英国牛津大学、剑桥大学等，这些都是远有一千年、九百年或七八百年历史的，因此造成科学的革命。这些大学不断地继长增高，设备一天天增加，学风一天天养成，这样才有了科学研究。研究人员终身研究，可是研究人才是从大学出来的，他们所表现的精神是以真理求真理。这一个故事是讲美国在最近几十年当中造成了几个好大学。美国以前没有University，只有 College，美国有名副其实的大学是在南北美战争以后。为什么在七十年当中，美国一个人创立了一个大学，从这一个人创立了一个大学，提倡了新的大学的见解、观念、组织，把美国高等教育革命，因而才有今天使美国成为学术研究中心呢？美国去年出版了两个纪念专集，一个是《威尔基专集》，一个是《基尔曼专集》。基尔曼（D. C. Gilman）创立了约翰斯·哈布金大学（Johns Hopkings University），后来许多大学都跟他走，结果造成了今日美国学术领导的地位。大家听了这个故事，也许会从中得到一个 stimulation。

"话说"九十四年前，有两个耶尔学院的毕业生，一个是二十一岁的怀特，一个是二十五岁的基尔曼。那时美国驻苏公使令此二人做随员，一个做了三年多，一个做了两年多。怀特于三十五岁时做了康纳尔大学校长。基尔曼四十一岁做了堪尼佛纳亚大学校长，基氏未做长久，两年后就辞职了。当时在美国东部鲍尔梯玛城有一大富翁，即哈布金，他在幼小时家穷，随母读书后去城内做买卖，因赚钱而开一公司，未几十年就当了财主。他在七十岁时立一遗嘱，要将所有遗产三百五十万美金分给一医学院和一大学做基金。1873 年，他七十九岁时逝世，他的遗嘱生了效。翌年，即开始创办大学，当时董事会请哈佛大学校长艾利阿特（C. W. Eliot）、康纳尔大学校长怀特和密士根大学校长安其耳来研究。那时以如此巨款办大学，真是空前的一件事，那时该校董事长的意思是要办一"大学"，可是请来的这三位校长却劝他们要顾及环境，说什么南方不如北方文化高啦，办大学不是从空气里能生长的等语。后来，董事会请他们三人推选校长，三人却不约而同地选出基尔曼来当校长。基尔曼做了校长，他发表了他的见解说，应全力提倡高等学术，致力于提倡研究考据，把本科四年功课让给别的学校教，我们来办研究院，我们要选科学界最高人才，给他们最高待遇，然后严格选取好学生，使他们发展到学术最高地步，每年并督促研究生报告研究成绩，并给予出版发表机会。因为那时的高才的教授们都在教学院的学识浅近的学生，或受书店委托编浅近的教科书，如果给他们安定的生活、最高的待遇，便可以专心从事更高深的研究。这时基尔曼四十四岁，做该大学校长，并且他决定了以下的政策：研究院外，办理附属本科，最初附属本科只二十三个学生，研究院五十多个，大约二与一之比；可是二十多年以后，研究院的学生到了四百多，附属本科仅一百多，却是四与一之比了。并且第一步他聘请教授，第一位请的是希腊文教授费尔斯，四十五岁；第二位是物理学教授劳林，才二十八岁；第三位是数学教授塞尔威斯特，六十二岁；第四位是化学教授依洛宛斯；第五位是生物学教授纽尔马丁；第六位也是希腊拉丁文教授查尔马特斯。第二步他选了廿二个研究员，其中至少有十个以上成了大名，他的教授法，第一二年是背书，后二年讲演，自然科学也是讲演。第三步是创办科学刊物，这可算是美国发表科学刊物之始创。1876年，出版算学杂志，1880年创刊语言学杂志以及历史政治学杂志、逻辑学杂志、医学杂志等八大杂志，而开始了研究风气。

以上这三件事使美国风云变色。在这里我再谈谈办医学研究的重要。这个大学开幕已十年，医学院尚未开办，但因投资铁路失败，鲍尔梯玛城之女人出来集款，愿担负五十万美金的开办费，但有一条件是医学院开放招收女生。

当这大学的方针发表后，全美青年震动，有一廿一岁之青年威尔其（Welch），刚毕业于纽约医科学校。那时无一校有实验室，他因欲入大学，1876年赴欧洲做三学期之研究，1878年回美国，可是找不到实验室。最后终找一小屋，这是第一个美国"病理学研究室"，以廿五元开办。他做了五六年研究后，有一老人来找他，请他做哈布金医学院病理学教授，后并升任院长，创专任基本医学教授之制，而成立了医学研究所。

最后，基尔曼于1902年辞掉他已做了廿五年的校长。在那个典礼上，基尔曼讲演，他说：约翰斯·哈布金给我们钱办大学，可是没有告诉我们大学的一个定义。我们要把创见的研究作为大学的基础。这时，后来任美国总统、也是那个大学的第一班学生威尔逊站起来说："你是美国第一个大学的创始者，你发现真理，提倡研究，不但是在我们学校有成绩，给世界大学也有影响。你创始了这师生合作的精神，你是伟大的。"同时，以前曾被邀参加创办大学意见的哈佛大学校长艾利阿特发表谈话，他说："你创立了研究院的大学，并且坚决地提高了全国各大学的学术研究，甚至连我们的哈佛研究院也受了你的影响，不得不用全体力量来发展研究。我要强调指出，大学在你领导之下是大成功，是提倡科学研究的创始，希望发现一点新知识，由此更引起新知识，这年轻的大学有最多的成绩。我最后公开承认你的大学政策整个范围是对的。"

1947 年 10 月 10 日在天津六科学团体联合年会演讲

陶行知（1891—1946），早年就读于金陵大学文学系，1917年留美，先后就读于伊利诺伊大学和哥伦比亚大学。回国后毕生推动平民教育。1927年创办晓庄学校；1932年创办生活教育社及山海工学团；1939年创办育才学校，培养有特殊才能的儿童；1946年创办社会大学，推行民主教育。著有《中国教育改造》《古庙敲钟录》《斋夫自由谈》《行知书信》等。生活教育理论是其教育思想的理论核心。

大学教育的二大要素

陶行知

大学教育的要素约有二端：

（一）使学生养成科学方法解决问题的能力。

世界上的问题很多，有的活的东西在那里出问题，有的死的东西也在那里出问题。他们却全要我们的回答。但是我们个人所据的眼光不同，所以我们对于答复问题所持的态度也就不同了。不同的态度，大概可以分以下数种：

1. 研究的态度。有的一般人他们解决问题专本着研究古人解决问题的办法。可是古时的问题有古时解决的方法，现在的问题有现在解决的方法；即使问题相同，而时间不同，环境不同，也不能拿古时的方法来解决现在的问题。所以这种的态度不能认为可靠。

2. 迷信他国。有的一般人他们解决问题专仿效日本，以后又仿效美国。但是日本有日本的问题，他们有他们的解决方法；美国有美国的问题，他们也有他们的解决方法。我国有我国的问题，我们就应当有我们的解决方法。若是完全采取他们的方法，仿效他们的方法，恐怕有的问题就不能解决了。况且各国的科学尚有许多在秘密的时代，如同德国制染料只有他们自己知道，别人是不得知道的，这样我们要迷信他国，也是不可靠的。

3. 玄想的态度。有的人，他们不仿效古人，也不迷信他国，却在那里自己空想。这种态度也不能认为可靠，因为空想是多不能成为事实的。

4. 放任的态度。还有一班人不仿效古人，不迷信他国，也不空想。他们以为世界的问题这样多，真是解决之不胜。于是他们对于解决问题就抱了一种以不了了之的态度。

以上的种种态度，我们晓得是全不适用的。那么，大学的学生对于解决问题究竟应当采用哪种的方法呢？抱哪种的态度呢？我以为是要用一种科学的方法。什么叫作科学的方法呢？就是用科学的原则，设方法来解决问题。

科学的方法大概可分为五步：

1. 觉得问题。例如苹果落地，本来是一桩很平常的事，在平常的人看见还有什么疑惑呢？牛顿看见了苹果落地，却起了一个怀疑。因为这个怀疑，就引出了一个苹果脱枝为什么不上升而却下落的问题。因为这个问题，就发现了地心吸力的原则。现在虽然有人反对他这个原则，可是他这种原则施行了数百年之久，已经成了科学上的一段故事。

2. 什么是问题。假如我们看见有个人在那里低头坐着，我们就要设想到或者他是有了什么困难吧？还是生了什么疾病呢？这种设想就叫作问题。

3. 设法解决问题。例如我们以上假设那个人他生了疟疾，就得设法去疗治他的疟疾，这就叫设法解决。

4. 选择方法。解决问题的方法很多，我们必须选择最有效力的一个来施用它。

5. 印证。试验有效力的方法，必须一再试验之，如果屡试屡效，那始可认为可信。这就叫作 reflex thought。

科学方法的手续大概如此。可是我们对于科学应当据什么样的观念呢？以下三项即科学根本的观念：

1. 客观。研究科学必得处在一个客观的地位，因为没有客观是不会有科学的。

2. 数量观。有一种质量，必有一种数量，打算晓得数量的多少，是一个很难的问题，要想考查数量，大概可分二步：

（1）量。我们要想知道一桩事的数量，头一步就得要量一量。

（2）量的正确。我们要想量，必得有一个适当的尺度，始可量得正确。

3. 不可过用科学。科学精神也有一种危险。怎么讲呢？我们知道日常的事体很多，要是事事全拿科学的精神来研究它，恐怕就不胜研究了。

话归本题。大学教育是要使学生用科学方法来解决问题。大学学生人人能用科学方法来解决他们个人的问题，那么久而久之，成绩自然是很大。这样看起来，大学学生应当培养的精神，头一样就是用科学方法解决问题的能力了。

大学教育的第一个要素讨论完了。那么，第二个要素是什么呢？

（二）先生与学生应当养成密切的关系。

现在我们国里的大学，虽然不敢一概而论，大约十之八九有一种同病。这种同病是什么呢？就是教师与学生的关系太疏远了。怎么讲呢？在教师一方面，他们到学校来先抱了一个维持饭碗的主义。他们的薪金是按着他们所担任教授的钟点多少来定的。所以，他们拿着在讲室里讲书，好像是出卖他们的话。在学生方面，以为缴了学费来上学，就是花几个钱来买教师的话。这样看来，学校简直成一个卖话买话的大市场，讲室简直成了卖话买话的铺店。说什么关系，是提不到的。教师、学生既是全抱这样的宗旨，哪里还有什么补助长进可说呢？所以，我以为大学的教师与学生彼此应当发生一种优美、高尚、紧密、有生气的关系，去做他们的学问。这不也是大学教育一桩最要紧的事吗？

总以上所说，大学教育的要素有二：一个是使学生养成用科学方法解决问题的能力，一个是教师与学生应当养成密切的关系。一个是关于思想，一个是关于情操。这两桩事件要是能做得到，那才不辜负说什么大学的教育呢！

傅斯年（1896—1950），字孟真。著名历史学家、教育家，"五四"运动期间北京大学学生领袖之一。1913年考入北京大学预科，1916年升入北京大学文科。1918年夏与罗家伦等组织新潮社，创办《新潮》月刊并任主编。1920年赴欧英国、德国留学。1928年创办中央研究院历史语言研究所并任所长。1948年当选为中央研究院院士。他所提出的"上穷碧落下黄泉，动手动脚找材料"这一历史研究的原则影响深远。后人辑有《傅斯年全集》。

改革高等教育中几个问题

傅斯年

本文中所谓高等教育者，大体指学术教育而言，即大学与其同列机关之教育。此中自然也含些不关学术的事，例如大学生人品之培养等，然而根本的作用是在学术之取得、发展与应用的。

在清末行新教育制以前，中国之学术多靠个人及皇帝老爷一时的高兴，其国家与社会之高等教育机关，只有国子监及各地书院，因为府州县学还近于普通教育。国子监只是一个官僚养成所，在宋朝里边有时有些学术，在近代则全是人的制造，不关学术了。书院好得多，其中有自由讲学的机会，有做些专门学问的可能，其设置之制尤其与欧洲当年的书院相似。今牛津、圜桥各学院尚是当年此项书院之遗留，其形迹犹可见于习俗及制度中也。不过，中国的书院每每兴废太骤，"人存政举，人亡政息"，而且一切皆系于山长一人，无讲座之设置，故很难有专科之学问。且中国学问向以造成人品为目的，不分科的。清代经学及史学正在有个专门的趋势时，桐城派遂用其村学究之脑袋叫道："义理、词章、考据缺一不可！"学术既不专门，自不能发达。因此我们不能不想到，假如刘宋文帝时何承天等，及赵宋神宗时王安石等的分科办法，若竟永远实行了，中国学术或不至如今日之简陋。

清末改革教育，凡旧制皆去之，于是书院一齐关门，而一切书院之基金及地皮多为劣绅用一花样吞没了。今日看来，书院可存，而书院中之科目不可存，乃当时竟移书院中之科目，即旧新各式八股于学堂，而废了书院，这不能说不是当时的失策。现在我们论高等教育，这个帽子可以不管，因为今日之高等教育，除洋八股之习气以外，没有一条是绍述前世的，而是由日本以模仿西洋的。因为如此，我们不能不说说欧洲近代大学的演成。

欧洲的近代大学可以说有三种质素。一是中世纪学院的质素。这个质素给它这样的建置，给它不少的遗训，给它一种自成风气的习惯，给它自负。第二层是所谓开明时代的学术。这些学术中，算学、医学等多在大学中出，而哲学、政治虽多不出于其中，却也每每激荡于其中。经此影响，欧洲的大学才成"学府"。第三层是十九世纪中期以来的大学学术化。此一风气始于德国，渐及于欧洲大陆，英国的逐渐采用是较后的。于是大学之中有若干研究所、工作室，及附隶于这些研究所、工作室的基金、奖金。当清末办新教育的时代，这一页欧洲历史是不知道的，以为大学不过是教育之一阶级。当时的教育既要"中学为体、西学为用"，更以富强之目前功利主义为主宰，对于西洋学术全无自身之兴趣，更不了解它的如何由来、培养与发展。试看张之洞、张百熙的奏折，或更前一期王韬、冯桂芬的政论，都是这样子。他们本不知道西洋在发财、造炮以外有根本的学术，则间接仿造西洋的学术建置，自然要不伦不类的。我们现在也不能怪他们，以他们当时的环境做出那些事来，比其现在的教育界领袖以今之环境做出这些事来，则今之人十倍不如他们。直到民国初年，大学只是个大的学堂。民国五六年以后，北京大学侈谈新学问，眼高手低，能嘘气，不能交货，只挂了些研究所的牌子。在今天看来，当时的情景着实可笑。然而昏睡初觉，开始知道有这一条路，也或者是一个可纪的事。从那时到现在，中国也有两三种科学发达，一般对大学及学术制度之观念进步得多了。不过，今之大学仍然不是一个欧洲的大学，今之大学制度仍不能发展学术，而足以误青年、病国家。即如以先觉自负之北大论，它在今日之浑浊，犹是十多年前的老样子哩！现在似乎政府及社会都感觉着大学教育有改革之必要，我也写下几件一时感觉到的事。

第一，大学教育不能置之一般之教育系统中，而应有其独立之意义。大学也是教育青年的场所，自然不能说它不是个教育机关，不过，这里边的教育与中小学之教育意义不同。中小学之教育在知识的输进、技能之养成，这个输进及养成皆自外来已成之格型而入，大学教育则是培养一人入于学术的法门中的。诚然，中小学教育需要教授法之功用，这教授法可以用来使学生自动接受训练，而大学中也不是能够忽略知识之输进、技能之养成者。不过，中学教师对学生是训练者，大学教师对学生是引路者；中学学生对教师是接受者（无论接受的态度是自动的或被动的），大学学生对教师是预备参与者。虽大学各科不可一概而论，工、农、医等训练之步骤要比文、理、法、商为谨严，然而大体上说去，大学各科虽不同，皆是培植学生入于专科学术之空气中，而以指导者给予之工具，自试其事者也。因此情形，大学生实无分年的全班课程之可言。今之大学多数以年级排功课，乃将大学化为中学，不特浪费无限，且不能培植攻钻学术之风气。如大学不成为中学，下列办法似宜采用：

（一）设讲座及讲座附属人员，以不布置中学功课之方法为大学课程。

（二）除第一年级比较课程固定外，其余多采选习制。（文、理、法、商之选习宽，工、农、医较有限定。）

（三）每门功课不必皆有考试，但须制定一种基本检定。这种基本检定包含各若干及格证，得此项及格证之后，然后可以参与毕业考试。此项及格证在国文系者试作一例如下：

甲，中国语言文字学；

乙，中国文学史；

丙，中国通史；

丁，中国诗学（词、曲在内）或词章学；

戊，一种西洋文学；

己，若干部书之读习。

（四）毕业考试由教育部会同大学行之。论文一篇，证明其能遵教授之指导，用一种做学问之方法而已，不可不有，亦不可苛求。此外选择二三种最基本之科目考试之。

（五）非满若干学期，不得参加毕业考试，但在学校中无所谓年级。

（六）凡可有实习之科目，皆不可但以书本知识为限。

（七）最普通的功课由最有学问与经验之教授担任，以便入门的路不错。

第二，大学之构造，要以讲座为小细胞，研究室（或研究所）为大细胞，而不应请上些教员，一无附着，如散沙一般。大学中的讲课如不辅以图书之参用，或实验之训练，乃全无意义；而在教授一方面说，如他自己一个，孤苦伶仃的，无助手，无工作室，乃全无用武之地。虽有善者，无以显其长，致其用。故大学中现在实在尚多用不着高于大学本身一级之研究院，而每一系或性质上有关联若干系必须设一研究所。大学学生本身之训练即在其中，大学教授之日进工程即在其中。其中若能收些大学毕业继续受训练的，自然是好事，有时也很需要。不过，研究非专是大学毕业后事，而大学生之训练正是研究室之入门手续也。舍如此之组织而谈大学教育，只是空话。今之大学，个个都是职员很多，教员很多，助手很少，且有的大学教授一到校，非讲堂及休息室则无立足之地。此等组织，诚不知如何论学问。

大学本身之研究所，与大学外之研究院，也不应是没有分别的。今之研究院，有中央、北平二机关，近年皆能努力。若凭理想论去，研究院与大学中之研究所应有下列之分别。凡集众工作（collective work），需要大宗设备，多人做工，多时成就，与施教之职务在工夫及时季上冲突者，应在研究院，例如大规模之考古发掘、大组织之自然采集等。凡一种国家的职任，须作为专业，不能以有教书责任之人同时行之者，应在研究院，例如电磁测量、材料试验等。至于一切不需要大规模便可研究的工作，大学中尽可优为之，研究院不必与之重复；且有若干研究，在大学中有学生为助手更便者，在研究院反有形势之不便。如此说来，研究院之研究与大学中之研究，本非两截，不过因人、因事之分工而已。

第三，大学以教授之胜任与否为兴亡所系，故大学教授之资格及保障皆须明白规定，严切执行。今之大学，请教授全不以资格，去教授全不用理由，这真是古今万国未有之奇谈。只是所谓"留学生"，便可为教授，只是不合学生或同事或校长的私意，便可去之。学绩即非所论，大学中又焉有励学之风气？教育当局如有改革高等教育之决心，则教授问题应该求得一个精切的解决。我一时提议如下：

（一）由教育部会同有成绩之学术机关组织一个大学教授学绩审查会。

（二）凡一学人有一种著作，此著作能表示其对此一种学问有若干心得者，由此会审定其有大学教师资格。

（三）经上列第二项手续之后，此学人更有一种重要著作，成为一种不可忽略之贡献者，由此会审定其有大学教授资格。

（四）凡有大学教师或教授资格者，任何一大学请其为教师或教授时，受大学教员保障条例之保护，即大学当局如不能据实指明其不尽职，不能免其职。

（五）既得有上列两项资格之一，而任何三年中不曾有新贡献者，失去其被保障之权利。

（六）凡无上列资格，在此时情况之下，不得不试用者，试用期限不得过二年。

（七）凡不遵守上列办法之大学，教育部得停其经费，或暂不给予毕业证书之用印。

既澄清了大学教员界，然后学术独立、学院自由，乃至大学自治，皆可付给之。如在未澄清之先，先付此项权利于大学教授，无异委国家学术机关于学氓、学棍之手，只是一团糟，看他们为自身的利益而奋斗，而混乱而已。（此文写至此处，亟须付印，尚有余义，且待后来再写。）

胡　适（1891—1962），原名嗣穈，学名洪骍，字希疆；后改名胡适，字适之，笔名天风、藏晖等。安徽绩溪人。因提倡文学革命而成为新文化运动的领袖之一。历任北京大学教授、北京大学文学院院长、中华民国驻美利坚合众国特命全权大使、北京大学校长等职。胡适兴趣广泛，著述丰富，在文学、哲学、史学、考据学、教育学、伦理学、红学等诸多领域都有深入的研究，被誉为现代思想文化界最稳健、最优秀、最高瞻远瞩的哲人智者。

论大学学制

胡　适

现有安福部议员克希克图提议请恢复民国元年的大学学制。这个提议很不通，为什么呢？因为"民国元年大学学制"所指的是元年的"大学令"呢？还是元年的大学原状呢？

若说是"大学令"，则元年的大学令和六年的大学令，除了第八条预科修业年限由三年改为二年外，其余的并无根本的区别。两年以来大学的改革除了预科一项，并无和元年大学令不相容的地方。

若说是"大学原状"，则元年的组织有许多不能恢复的，也有许多决不该恢复的。如元年的农科已于三年改为农业专门学校了，这是不能恢复的。又如元年各科各有学长又各有教务长，这种制度是决不该恢复的。至于民国六年以来大学之成绩为全国所公认，若非丧心病狂，决无主张回到八年前的原状之理。

如此看来，这个议案的用意不出两条：第一是恢复工科大学；第二是公然想破坏蔡校长两年余以来的内部改革，使蔡校长难堪，使他无北来的余地。

我且先论工科的问题。北京大学与北洋大学本来都有工科，蔡校长因为这个办法太不经济了，况且北洋也是国立的大学，工科成绩较好，不如由北洋专办工科，把北大的工科并入北洋，而北洋的法科并入北大。这个办法，两校的设备都经济，是一利；两校的教授都经济，是二利；北洋附近多工厂，便于实习，是三利；两校各办所长，不相重复，不相冲突，是四利——有如此四利，而无一弊，何以还有人偏反对呢？这里面的情形，不消说得，只是一个饭碗问题了。

我再论蔡校长这两年多的种种改革。

第一，预科三年改为两年。预科的功课大都是语言文字的预备。中学毕业生不能进大学，已是大不经济了。单习这些大学预备功课，要用三年的工夫，那是更不经济了。预科占了三年，本科也只得三年。三年的本科能学得些什么？蔡校长改预科为两年，是极好的办法。其中只要教授得人得法，两年尽够了。将来中学程度增高，预科还可减少，到后来竟可完全废止。一方面延长本科为四年，开办大学院后，又加上两年，如此方才有高深学问可望。

第二，文理两科合并。造谣人说大学废止理科，专办文科，这是极荒谬的话。蔡校长因为学文科的人或专治文学，或专治哲学，于一切科学都不注意，流弊极大；理科的人专习一门科学，于世界思潮及人生问题多不注意，流弊也很大。因此他主张把文理两科打通，并为大学本科。他的目的是要使文科学生多懂得一些科学，不致流为空虚；使理科学生多研究一点人生基础观念，不致流为陋隘。这种制度是世界最新的制度，美国之大学以"文理院"为基本，即是此意。世之妄人，乃引中古相传的学制来驳他，岂非大笑话吗？

第三，法科问题。法科也不曾废除。蔡校长因为经济、政治两门在欧美各国都不属于法科，况且新合并之大学本科之哲学、史学诸门皆与政治、经济极有关系，故想把这两门加入文理科，真成一个完备的大学基础。而法科则专习法律，为养成律师、法官之人才，这是欧美各国通行的制度。用意本很好，后来因为法律一门孤立，于事实上颇不方便，故索性把法律一门也合起来，和其他各科同组织一个大学教务处，以归划一。但法科学长一职至今存在，法科大学并不曾废，何用恢复呢。

以上诸项，除预科年限一项系由民国六年北京国立六大学校长联名请教育部核准公布外，其余各项均由去年十月全国专门以上七十余校校长会议通过，又由本年三月教育部召集全国教育调查会详细审定通过，请部颁大学试行。原案具在，利害得失都可复核。我因为一二腐败政客任意诋毁蔡校长一片苦心，故不能不把这里面的实情报告给全国知道。

胡 适（1891—1962），原名嗣穈，学名洪骍，字希疆；后改名胡适，字适之，笔名天风、藏晖等。安徽绩溪人。因提倡文学革命而成为新文化运动的领袖之一。历任北京大学教授、北京大学文学院院长、中华民国驻美利坚合众国特命全权大使、北京大学校长等职。胡适兴趣广泛，著述丰富，在文学、哲学、史学、考据学、教育学、伦理学、红学等诸多领域都有深入的研究，被誉为现代思想文化界最稳健、最优秀、最高瞻远瞩的哲人智者。

从私立学校谈到燕京大学

胡 适

詹詹女士在《吾人对于外人设立的学校应负的责任》一文中指出，近年国内的教会学校因受美国经济恐慌影响，经费上很困难，因为这些学校若因经费不足而衰歇，受其影响的还是我们本国的青年，所以中国政府与社会应该尽力援助。她特别提起燕京大学百万基金的募集，希望社会人士热心赞助这百万基金的成功。我很赞成詹詹女士的意思，所以也想补充几句话。

最近教育部有一个补助私立大学的计划，每年准备提出国币七十万元，补助有成绩的私立大学。这是最值得赞颂的一件事，我们切盼它的早日实现。凡是好的学校，都是国家的公益事业，都应该得国家、社会的热心赞助。学校只应该分好坏，不应该分公私。在英美两国，私立学校最发达，社会所最信任的大学往往是私立的。这些私立大学往往能得着政府绝大的援助，社会上人士也最热心捐助。最有趣味的一个例子就是我的母校康南尔大学（Cornell University），原来是一个私人康南尔捐钱创立的，但创办之初就请得联邦政府的一大批兴学公地作为基金的一部分。后来纽约省政府要提倡农业教育，就把"省立农科学院"附设在康南尔大学，后来又把"省立兽医学院"也附设在那边。一个私立大学里有两个省立的学院，这是最可效法的事。最近我国教育部有在南京设立一个女子大学的提议，大可效法康南尔大学之办法，把这国立女子大学和金陵女子大学合在一处，增加其经费，扩大其名额，就叫作"金陵大学内的国立女子大学"，岂不是更经济的办法？又如河北省立各学院，除工学院外，成绩都不算好，其中一部分也许可以归并到私立有成绩的南开大学，也就可以叫作"南开大学内的河北省立某学院"，岂不也是更经济的办法吗？

至于我国私人捐款兴学，从前往往爱单独行动，自立门户，另挂招牌。在从前只需有房子（或租房子），有教员，有学生，就可以叫作大学了，所以这些春笋般的私立大学居然可以存在。现在大家渐渐明白大学不是这样容易办的了，政府的法令也不许私人随便挂大学招牌了，这条路是走不通的了。以后私人若有财力兴办教育事业，都应该捐助已有成绩的学校，不问是国立、公立或私立。钱多的可以改造一个大学，如煤油大王罗克斐洛的改造芝加哥大学；次多的可以改造某大学的某一学系，如赛箕（Sage）的担负康南尔大学的整个哲学系的讲座与助学金（至今此系的讲座名为赛箕讲座，助学金皆名为赛箕助学金）；钱少的也可以专补助某一校的某一个部分，如吴鼎昌先生的捐赠南开大学经济学系助学金额。这样方才可以积少成多，使已有成绩的学校变为更有成绩。已故江苏督军李纯自杀时，遗嘱将遗产的一部分捐赠南开大学，此君虽是武人，其聪明远过于后来许多自办大学的政客了。近闻宋子文先生捐赠巨款为约翰大学造图书馆，这也是值得提倡的一个好榜样。总之，以后私人兴学已很难独立创办一个好大学了，都应该用他们的余力扶助已有成绩的好学校。

私立学校之中，有教会与非教会的两大类。在十年前，这个区别是很明显的，因为教会学校有它的特别性质：一是因财源出于外国教会的捐助，所以管理权全属于外国人；二是抱有传教的目标；三是本国文字往往太不注意。但在最近几年中，这些特别色彩渐渐变淡了。国民政府成立以来，私立学校都受限制，一切教会学校，除约翰大学抗不受命外，都换了中国校长，董事会也都有了多数的中国人。虽然因为财政来源未改，中国校长与董事都还往往无多大的实权，但这几年的改革已有很明显的进步。传教的目标也因受法令的干涉而减轻了，在一些开明的教会大学里，这个目标已渐渐不存在了（上星期辅仁大学毕业生七十六人中，只有十六人是天主教徒，这在天主教的大学里是很可注意的事。在新教教会的大学里，教徒的比例远在这个比例之下）。至于本国文字的被忽略，在十年前还是不可避免的事实。这十余年来，燕京大学首先提倡，南北各教会大学都受国立大学的影响，所以岭南大学、金陵大学、齐鲁大学、辅仁大学、福州协和大学，都渐渐注重中国文史的教学。所以今日我们已不能概括地讥笑教会大学不注重中国文字了。所以在今日，教会大学已渐渐失去了它们的特殊色彩（中等以下的教会学校，因为原设立的教会往往是顽固孤陋的小教会，所以除大都市外，还有许多是没有受近十余年的新潮流的洗刷的）。今日的教会大学和其他的私立学校已没有多大的分别，只是在财政上比较安定，在校址校舍上比较宏丽整洁，在管理上比较严格，在体育上比较发达而已。它们的长处我们应该充分认识，它们的困难我们也应该充分救济。往日的教会大学所以能得社会信用，其最大原因还在财源之比较宽裕而安定，不须全靠学宿费做开销。近年世界经济萧条，传教的热诚与服务的公心都抵不住金钱的贫乏，何况我们的法令又不许他们用学校做传教的工具，所以教会的捐款更减缩了。财源动摇的结果，我们政府与社会若不加救济，难道要逼他们学野鸡大学的倚靠学生缴费来做开销吗？所以我以为今日政府应该认清这些比较有成绩的教会大学是值得补助救济的。社会的经济状况还不曾到慷慨捐助私立大学的程度，燕京大学百万基金募集的困难可以为证。即使捐得百万基金，每年平均收入也不过七万元，在燕大每年九十万元的预算中只占得一个很小的部分。政府今日真能每年提出七十万元做补助金，其功用等于私立大学筹得一千万元的基金，在政府所费甚少，在各私立大学所受恩赐已很多了。

最后，我要借此替燕京大学说几句话。燕京大学成立虽然很晚，但它的地位无疑地是教会学校的新领袖的地位。约翰、东吴领袖的时期已过去了。燕京大学成立于民国七年，正当北京大学的蔡元培时代，所以燕大受北大的震荡最厉害。当时一班顽固的基督教传教士都认北大所提倡的思想解放运动为于宗教大不利的。有几个教士竟在英文报纸上发表文字，攻击北大的新领袖；有一篇文字题为"三无主义"（A-three-ism），说北大提倡的是"无政府、无家庭、无上帝"，其危险等于洪水猛兽。但是一班比较开明的基督教徒，如燕京大学之司徒雷登先生与博晨光先生，如协和医学校的一班教员，都承认北大提倡的运动是不能轻易抹杀的；他们愿意了解我们，并且愿意同我们合作。几个公共朋友奔走的结果，就在民国八年的春天，约了一日在西山卧佛寺开一个整天的谈话会。北大方面到的有蔡元培先生、李大钊先生、陶孟和先生、顾孟余先生和我；基督教徒到了二三十人。上午的会上，双方各说明他们在思想上和宗教信仰上的立场；下午的会上讨论的是"立场虽然不同，我们还能合作吗？"结论是我们还可以在许多社会事业上充分合作。十五年来，基督教的一班领袖在司徒雷登先生的领导之下，都极力求了解中国新兴的思想潮流与社会运动，他们办的学校也极力求适合于中国的新社会。有时候，他的解放往往引起他们国内教会中保守派的严厉责备和批评。近年中国的教会学校中渐渐造成了一种开明的、自由的学风，我们当然要归功于燕大的领袖之功。

上文曾说到教会大学近年注重中国文史的教学，在这一方面，燕京大学也是最有功的领袖。我记得十多年前，司徒雷登先生有一天来看我，谈起燕大要改革中国文学系，想请周作人先生去做国文教授，要我给他介绍。我当然很高兴地介绍他和周先生相见，后来周先生就做了燕大国文系的第一个新教授。后来燕大得着美国铝大王霍尔（Hall）的遗产的一部分，与哈佛大学合作，提倡中国文史的研究，吸引的中国学者更多，渐渐成为中国文史研究的一个中心。其影响所及，金陵、岭南、齐鲁都成立了比较新式的中国文史教学机关。今日在辅仁大学领导中国学的陈垣先生，当年也是燕大的一个国学领袖。如果这些教会大学不曾受美国经济恐慌的恶影响，也许它们在这一方面的成就还更大哩。

我觉得燕京大学在这十几年中的努力，是最值得国家与社会的援助的，所以我把我所知道的一些事实写出来，作为詹詹女士的文字的一点点补充。

胡　适（1891—1962），原名嗣穈，学名洪骍，字希疆；后改名胡适，字适之，笔名天风、藏晖等。安徽绩溪人。因提倡文学革命而成为新文化运动的领袖之一。历任北京大学教授、北京大学文学院院长、中华民国驻美利坚合众国特命全权大使、北京大学校长等职。胡适兴趣广泛，著述丰富，在文学、哲学、史学、考据学、教育学、伦理学、红学等诸多领域都有深入的研究，被誉为现代思想文化界最稳健、最优秀、最高瞻远瞩的哲人智者。

中学国文的教授

胡　适

我是没有中学国文教授的经验的；虽然做过两年中学学生，但是那是十几年前的经验，现在已不适用了。况且当这个学制根本动摇的时代，我们全没有现成的标准可以依据，也没有过去的经验可以参考。我这个完全门外汉居然敢来高谈中学国文的教授，真是不自量力了！

但是门外汉有时也有一点用处。"内行"的教育家，因为专做这一项事业，眼光总注射在他的"本行"，跳不出习惯法的范围，他们筹划的改革总不免被成见拘束住了，很不容易有根本的改革。门外旁观的人，因为思想比较自由些，也许有时还能供给一点新鲜的意见、意外的参考材料。古人说的"愚者一得"，大概也是这个道理。这就是我这回敢来演说《中学国文的教授》的理由了。

一、 中学国文的目的是什么?

我们现在既没有过去的标准可以依据,应该自己先定一个理想的标准。究竟中学的国文应该做到什么地位?究竟我们期望中学毕业生的国文到什么程度?

民国元年的《中学校令施行细则》第三条说:

> 国文要旨在通解普通语言文字,能自由发表思想,并使略解高深文字,涵养文学之兴趣,兼以启发智德。

这一条因为也是理想的,并不曾实行,故现在看来还没有什么大错误。即如"通解普通语言文字"一句,在当初不过是欺人的门面话,实在当时中学的国文与"普通语言"是无有关系的;但是到了现在国语进行的时候,这六个字反更有意义了。又如"并使略解高深文字"一句,当日很难定一个界说,现在把国语和古文分开,把古文来解"高深文字",这句话便更容易解说了。

元年定的理想标准,照这八年的成绩看来,可算得完全失败。失败的原因并不在理想太高,实在是因为方法大错了。标准定的是"通解普通语言文字",但是事实上中学校教授的并不是普通的语言文字,乃是少数文人用的文字,语言更用不着了!标准又定"能自由发表思想",但是事实上中学教员并不许学生自由发表思想,却硬要他们用千百年前的人的文字,学古人的声调文体，说古人的话——只不要自由发表思想！事实上的方法和理想上的标准相差这样远，怪不得要失败了！

我承认元年定的标准不算过高，故斟酌现在情形，暂定一个中学国文的理想标准：

（1）人人能用国语（白话）自由发表思想——作文，演说，谈话——都能明白通畅，没有文法上的错误。

（2）人人能看平易的古文书籍，如《二十四史》《资治通鉴》之类。

（3）人人能做文法通顺的古文。

（4）人人有懂得一点古文文学的机会。

这些要求不算苛求吗？

二、 假定的中学国文课程

定了标准，方才可谈中学国文的课程。现行的部定课程是：

第一年：讲读，作文，习字。　　　　　　　　共七

第二年：讲读，作文，习字，文字源流。　　　共七

第三年：讲读，作文，习字，文法要略。　　　共五

第四年：讲读，作文，文法要略，文学史。　　共五

依我们看来，现在中学校各项功课平均每周男校三十四时，

女校三十三时，未免太重了。我们主张国文每周至多不能过五时，四周总数应在二十时以下。现在假定每周五时，暂定课程表如下：

年一：国语文一，古文三，文法与作文一。　　　　共五

年二：国语文一，古文三，文法与作文一。　　　　共五

年三：演说一，古文三，文法与作文一。　　　　　共五

年四：辩论一，古文三，文法与作文一。　　　　　共五

这表里删去的学科是习字、文字源流、文学史、文法要略四项。写字决不是每周一小时的课堂习字能够教得好的，故可删去。现有的《文法要略》《文字源流》，都是不通文法和不懂文字学的人编的，读了无益，反有害。（孙中山先生曾指出《文法要略》的大错，如谓鹄与猿为本名字，与诸葛亮、王猛同一类！）文学史更不能存在。不先懂得一点文学，就读文学史，记得许多李益、李顾、老杜、小杜的名字，却不知道他们的著作，有什么用处？

又这表上"国语文"只有两时。我的理由是：

（1）第三、四年的演说和辩论都是国语与国语文的实习，故这两年可以不用国语文了。

（2）我假定学生在两级小学时已有了七年的国语，可以够用了。

三、 国语文的教材与教授法

先说"国语文"的教材。共分三部:

(1) 看小说。看二十部以上、五十部以下的白话小说。例如《水浒》《红楼梦》《西游记》《儒林外史》《镜花缘》《七侠五义》《二十年目睹之怪现状》《恨海》《九命奇冤》《文明小史》《官场现形记》《老残游记》《侠隐记》《续侠隐记》等等。此外有好的短篇白话小说,也可以选读。

(2) 白话的戏剧。此时还不多,将来一定会多的。

(3) 长篇的议论文与学术文。因为我假定学生在两级小学已有了七年的白话文,故中学只教长篇的议论文与学术文,如戴季陶的《我的日本观》,如胡汉民的《惯习之打破》,如章太炎的《说六书》之类。

教材一层,最需说明的大概是小说一项。一定有人说《红楼梦》《水浒传》等书,有许多淫秽的地方,不宜用作课本。我的理由是:①这些书是禁不绝的。你们不许学生看,学生还是要偷看。与其偷看,不如当官看,不如有教员指导他们看。举一个极端的例:《金瓶梅》的真本是犯禁的,很不容易得着;但是假的《金瓶梅》——石印的,删去最精彩的部分,只留最淫秽的部分——却仍旧在各地火车站公然出卖!列位热心名教的先生们可知道吗?我虽然不主张用《金瓶梅》做中学课本,但是我反对这种"塞住耳朵吃海蜇"的办法!②还有一个救弊的办法,就是西洋人所谓"洗净了的版本"(expurgated edition),

把那些淫秽的部分删节去，专作"学校用本"［即如柏拉图的
"一夕话"（*Symposium*）有两译本，一是全本，一是节本］。商
务印书馆新出一种《儒林外史》，比齐省堂本少四回，删去的四
回是沈琼枝一段事迹，因为有琼花观求子一节，故删去了。这
种办法不碍本书的价值，很可以照办。如《水浒》的潘金莲一
段尽可删改一点，便可做中学堂用本了。

次说国语文的教授法。

（1）小说与戏剧，先由教员指定分量——自何处起，至何
处止——由学生自己阅看。讲堂上只有讨论，不用讲解。

（2）指定分量之法，须用一件事的始末起结做一次的教材。
如《水浒》劫"生辰纲"一件事做一次，闹江州又做一次；
《儒林外史》严贡生兄弟做一次，杜少卿做一次，娄家弟兄又做
一次；又《西游记》前八回做一次。

（3）课堂上讨论，须跟着材料变换，不能一定。例如《镜
花缘》上写林之洋在女儿国穿耳缠足一段，是问题小说，教员
应该使学生明白作者"设身处地"的意思，借此引起他们研究
社会问题的兴趣。又如《西游记》前八回是神话滑稽小说，教
员应该使学生懂得作者为什么要写一个庄严的天宫盛会被一个
猴子捣乱了。又如《儒林外史》写鲍文卿一段，教员应该使学
生把严贡生一段比较着看，使他们知道什么叫作人类平等，什
么叫作衣冠禽兽。

（4）无论是小说，是戏剧，教员应该点出布局、描写的技
术、文章的体裁，等等。

（5）读戏剧时，可选精彩的部分令学生分任戏里的人物，高声演读。若能在台上演做，那更好了。

（6）长篇的议论文与学术文也由学生自己预备，上课时教员指导学生讨论。讨论应注重：

（甲）本文的解剖：分段，分小节。

（乙）本文的材料如何分配使用。

（丙）本文的论理：看好文章的思想条理，远胜于读一部法式的论理学。

四、 演说与辩论

须认明这两项是国语与国语文的实用教法。凡能演说、能辩论的人，没有不会做国语文的。做文章的第一个条件只是思想有条理，有层次。演说辩论最能帮助学生养成有条理系统的思想能力。

（1）择题。演说题须避太抽象、太笼统的题目。如"宗教"，如"爱国"，如"社会改造"等题，最能养成夸大的心理、笼统的思想。从前小学堂国文题如"富国强兵策"等等，就是犯了这个毛病。中学生演说应该选"肥皂何以能去污垢？""松柏何以能冬青？""本村绅士某某人卖选举票的可耻"一类的具体题目。辩论题须选两方面都有理可说的题，如"鸦片宜严禁"只有一方面，是不可用的。

（2）方法。演说辩论的班次不宜人数太多，太多了，一个人每年轮不着几回；也不宜太少，太少了，演说的人没有趣味。

每班可分作小组，每组不可过十六人。演说不宜太长，十分钟尽够了。演说的人须先一星期就选定题目，先做一个大纲，请教员看过，然后每段发挥，做成全篇演说。辩论须先分组，每组两人，或三人。选定主张或反对的方面后，每组自己去搜集材料，商量分配的方法，发言的先后。

辩论分两步。第一步是"立论"，每组的组员按预定的次序发言。第二步是"驳论"，每组反驳对手的理由。预备辩论时，每组须计算反对党大概要提出什么理由来，须先预备反驳的材料。这种预备有两大益处：①可以养成敏捷精细的思想能力；②可以养成智识上的互助精神。辩论演说时，教员与学生各备铅笔，记录可批评的论点与姿势，下次上课时，大家提出讨论。

五、 古文的教材与教授法

先说中学古文的教材。

（1）第一学年。第一年专读近人的文章。例如梁任公、康长素、严几道、章行严、章太炎等人的散文，都可选读。此外还应该多看小说。林琴南早年译的小说，如《茶花女遗事》《战血余腥记》《撒克逊劫后英雄略》《十字军英雄记》，朱树人的《穑者传》等书，都可以看。还有著作不多的学者，如蔡子民《答林琴南书》，吴稚晖《上下古今谈序》，又如我的朋友李守常、李剑农、高一涵做的古文，都可以选读。平心而论，章行严一派的古文，李守常、李剑农、高一涵等在内——最没有流弊，文法很精密，论理也好，最适宜于中学模范近古文之用。

（2）第二、三、四学年。后三年应该多读古人的古文。我主张分两种教材：

（甲）选本。不分种类，但依时代的先后，选两三百篇文理通畅、内容可取的文章。从《老子》《论语》《檀弓》《左传》，一直到姚鼐、曾国藩，每一个时代文体上的重要变迁都应该有代表。这就是最切实的中国文学史，此外中学堂用不着什么中国文学史了。

（乙）自修的古文书。最重要的还是学生自己看的书。一个中学堂的毕业生应该看过下列的几部书：

（a）史书：《资治通鉴》或《四史》（或《通鉴纪事本末》）。

（b）子书：《孟子》《墨子》《荀子》《韩非子》《淮南子》《论衡》等等。

（c）文学书：《诗经》是不可不看的。此外可随学生性之所近，选习两三部专集，如陶潜、杜甫、王安石、陈同甫之类。

我拟的中学国文课程中最容易引起反对的，大概就在古文教材的范围与分量。一定有人说："从前中学国文只用四本薄薄的古文读本，还教不出什么成绩来。现在你定的功课竟比从前增多了十倍！这不是做梦吗？"我的回答是：

第一，从前的中学国文所以没有成效，正因为中学堂用的书只有那几本薄薄的古文读本。我们试回头想想，我们自己做古文是怎样学的？是单靠八九十篇古文得来的呢？还是靠看小说、看古文书得来的？我自己从来背不出一篇古文，但是因为我自小就爱看小说，看史书，看杂书，所以我还懂得一点古文的文法。古文的选本都是零碎的，没头没脑的，不成系统的，没有趣味的。因此，读古文选本是最没有趣味的事。因为没有趣味，所以没有成效。我可以武断，现在中学毕业生能通中文的，都是自己看小说、看杂志、看书得来的，决不是靠课堂上几本古文选本得来的。我因此主张用"看书"来代替"讲读"。与其读王安石的《读孟尝君传》，不如看《史记》的《四公子列传》；与其读苏轼的《范增论》，不如看《史记》的《项羽本纪》；与其读林琴南的一部《古文读本》，不如看他译的一本《茶花女》①。

第二，请大家不要把中学生当小孩子看待。现在学制的大弊就是把学生求知识的能力看得太低了。现在各级学堂的课程，都是为下下的低能儿定的，所以没有成绩。现在要谈学制革命，第一步就该根本推翻这种为下下的低能儿定的课程学科！

第三，我这个计划是假定两级小学都已采用国语做教科书了。国语代替文言以后，若不能于七年之内使高小毕业生能做通顺的国语文，那便是国语教育的大失败。学生既通国语，又在中学第一年有了国语文法（见下），再来学古文，应该更容易好几倍，成绩应该加快好几倍。譬如已通一国文字的人，再学第二国文字时，成绩要快得多。这是我深信不疑的。所以我觉

---

① 即前文所提的《茶花女遗事》。——编者注。

得我拟的中学古文课程并不是梦想，是可以用实地试验来决定的。

再说古文的教授法。上文说的用看书来代讲读，便是教授法的要点。每周三小时，每年至多不过四十周，合起来不过一百二十点钟，若全靠课堂上的讲读，一年能讲得几篇文章？所以我主张：学校但规定学科内容的范围与程度，教员自己分配每一课的分量，学生自己去预备本日指定的功课。学生须自己翻查字典，自己加句读，自己分章、分节。上课时，只有三件事可做：

（1）学生质问疑难，请教员帮助解释；教员可先问本班学生有能解释的没有；如没有人能解释，教员方可替他们解释。

（2）大家讨论所读的书的内容。教员提出论点，引起大家讨；教员不当把一点钟的时间自己占据去，教员的职务在于指点出讨论的错误或不相干的讨论。

（3）教员可以随时加入一些参考材料。例如读章行严的文章时，教员应该讲民国三四年的政治形势，使学生知道他当时为什么主张调和，为什么主张联邦。

此外的方法，上文第三章已讲过，可以参用，不必重说了。

六、 文法与作文

从前教作文的人大概都不懂文法，他们改文章全无标准，只靠机械地读下去，读得顺口便是，不顺口便不是，总讲不出为什么要这样做，为什么不可那样做。以后中学堂的国文教员应该有文法学的知识，不懂文法的，决不配做国文教员。所以我把文法与作文并归一个人教授。

先讲文法。

第一年，专讲国语的文法。要在一年之内把白话文法的要旨都讲完。为什么先讲国语的文法呢？①因为学生有了七年的国语文，到中学第一年的时候，应该把国语文的"所以然"总括起来讲解一遍，做一个国语教育的结束。②因为先有了国语的文法做底子，后来讲古文的文法便有了一种参考比较的材料，便更容易懂得了（我现在编一部《国语文法草案》，不久可以成书，此地不能细说国语文法的怎样编法了）。

第二、三、四年，讲古文的文法。

（1）用书。现在还没有好文法书。最好的书自然还要算《马氏文通》。《文通》① 有一些错误矛盾的地方，不可盲从；《文通》又太繁了，不合中学堂教本之用。但是《文通》究竟是一部空前的奇书，古文文法学的宝库。教员应该把《文通》仔细研究一遍，懂得了，然后可以另编一部更有条理、更简明易晓的文法书。

（2）教授法。讲古文的文法，应该处处同国语的文法对照比较，指出同的地方和不同的地方，何以变了，变的理由何在，变的长处或短处在什么地方。让我举几个例：

例一：白话说"我骗谁？"古文要说"吾谁欺？"白话说

---

① 即指《马氏文通》。——编者注。

"你爱什么？你能做什么？"古文要说"客何好？客何能？"这
是不同的句法。比较的结果得一条通则："若外动词的止词是一
个疑问代名词，这个疑问代名词在白话里须放在外动词之后，
在古文里须在外动词之前主词之后。"

例二：《论语》阳货欲见孔子一章，阳货在路上教训了孔子
一顿，孔子答应道："诺，吾将仕矣。"同类的例如"原将降
矣""赵将亡矣"。既用表示未来的"将"字，何以又用表示完
了的"矣"字呢？再看白话说："大哥请回，兄弟去了。""大
哥多喝一杯，我要走了。"这是相同的句法。比较起来，可得一
条通则："凡虚拟（subjunctive）的将来，白话与古文都用过去
的动词，古文用'矣'，白话用'了'。"分得更细一点，可得
两式：

甲式	乙式
虽千万人吾往矣。	赵将亡矣。
我去了。	他要死了。

这种比较的教法功效最大。此外还可用批评法：由教员寻
出古文中不合文法的例句，使学生指出错在何处，何以错了。
我从前曾举林琴南"而方姚卒不之踣"一句，说"踣"是内动
词，不该有"之"字做止词。这种不通的句子古文里极多。前
天上海《晶报》上有人举《孟子》"天油然作云，沛然下雨，
则苗勃然兴之矣"一句，以为"兴"是内动词，不可有"之"

字做止词。这个例很可为林先生解嘲！这一类的例，使学生批评，可以增长文法的兴趣，可以免去文法的错误。

次讲作文。

（1）应该多做翻译，翻白话作古文，翻古文作白话文。翻译的用处最大：①练习文法的应用。例如讲动词的止词时，可令学生翻译"己所不欲，勿施于人""无所不能""他什么都不懂"等句，使他们懂得止词的位置有种种不同的变法。②译长篇，可使学生练习有材料的文字。作文最忌没有话说。翻译现成的长篇，先有材料做底子，再讲究怎样说法，便容易了。

（2）若是出题目做的文章，应注意几点：①最好是令学生自己出题目；②千万不可出空泛或抽象的题目；③题目的要件是：第一要能引起学生的兴味，第二要能引学生去搜集材料，第三要能使学生运用已有的经验学识。

（3）学生平日做的笔记、杂志文章、长篇通信，都可以代替课艺。教员应该极力鼓励学生写长信，做有系统的笔记，自由发表意见。这些著作往往比敷衍的课艺高无数倍。往往有许多学生平日不能做一百字的《汉武帝论》，却能做几千字的白话通信。这种事实应该使做教员的人起一点自责的觉悟！

（4）作文的时间不可多，至多二周一次。作文都该拿下堂去做。

（5）改文章时，应该根据文法，合文法的才是通，不合文法的便是不通。每改一句，须指出根据哪一条文法通则。例如有学生做了"而方姚卒不之踣"，我圈去"之"字，须说明

"之"字何以不通。又如学生做了"客好何?"我改为"客何好?"或"客好何物?"也须说明古文何以不可说"客好何"。

（6）千万不可整篇涂去，由教员重做。如有内容论理上的错误，可由教员批出，但不可代做。

七、 结论

我这篇《中学国文的教授》完全是理想的。一个人的理想自然是有限的，但我希望现在和将来的中学教育家肯给我一个试验的机会，使我这个理想的计划随时得用试验来证明哪一部分可行，哪一部分不可行，哪一部分应该修正。没有试验的主观批评是不能使我心服的。

我演说之后，有许多人议论我的主张，他们都以为我对于中学生的期望太高了。有人说："若照胡适之的计划，现在高等师范国文部的毕业生还得重进高等小学去读书呢!"这话固然是太过，但我深信我对于中学生的国文程度的希望并不算太高。从国民学校到中学毕业是整整的十一年。十一年的国文教育，若不能做到我所期望的程度，那便是中国教育的大失败!

九年三月二十四日

（《胡适文存》）

胡　适（1891—1962），原名嗣穈，学名洪骍，字希疆；后改名胡适，字适之，笔名天风，藏晖等。安徽绩溪人。因提倡文学革命而成为新文化运动的领袖之一。历任北京大学教授、北京大学文学院院长、中华民国驻美利坚合众国特命全权大使、北京大学校长等职。胡适兴趣广泛，著述丰富，在文学、哲学、史学、考据学、教育学、伦理学、红学等诸多领域都有深入的研究，被誉为现代思想文化界最稳健、最优秀、最高瞻远瞩的哲人智者。

再论中学的国文教学

胡　适

今天的讲题是《中学的国文教学》，两年前，民国九年，我曾在北京发表过一次，那时候没有什么标准，全凭理想立言。两年以来，渐觉得我那些主张有一部分是经得起试验的，有一部分是无法试验的，有一部分是不能不修正的。此次再来讲演这个题目，先就旧主张略说一说，再加以两年来修正的地方，作为我的新主张。为讲演的便利，分为以下四段。

一、　假定的　"中学国文标准"

我在两年前定的——中学国文的理想标准是：

（1）人人能以国语自由发表思想。

（2）人人能看平易的古书。

（3）人人能做文法通顺的古文。

（4）人人有懂得古文文学的机会。

这几个标准，我现在修改作以下三条：

（1）人人能用国语自由发表思想——作文、演说——都能明白晓畅，没有文法上的错误。这一条与旧主张第一条无大差异。我所持理由：因为国语文容易学习，容易通晓，而且实在重要。以我数年来的观察，可以说：中学生做古文的，都没有什么成绩。有许许多多中等学校毕业生都不能用古文发表他自己的思想。然而在这几年之中，能做通顺的白话文的中学生却渐渐多起来了。我们认定一个中学生至少要有一个自由发表思想的工具，故用"能做国语文"为第一个标准。

（2）国语文通顺之后，方可添授古文，使学生渐渐能看古书，能用古书。学生先学习国语文到了明白通顺的程度，然后再去学习古文，所谓"事半功倍"，自然是容易得多。学外国文也是如此，先学好了一种欧洲语言，然后再去学第二种，必定容易得多。还有一个证据是：据我们的观察和研究所得，可以断定有许多文字明白通畅的人，都不是在讲堂上听教师讲几篇唐宋八家的残篇古文而得的成绩，实在是他们平时或课堂上偷看小说而来的结果。由此我们可以知道，国语可以帮助古文的学习了。

（3）做古体文但看作实习文法的工具，不看作中学国文的目的。因为在短时期内，难望学生能做长篇的古文；即使能做，也没有什么用处。这次本社年会国语国文教学分组里，黎锦熙先生提了一个议案，他说："中学作文仍应以国语文为主……愿意学习文言文者，虽可听其自由，但只可当作随意科……"可以做个参考。

以上讲完了中学国文标准，现在讲第二段。

二、 假定的 "中学国文课程"

前年假定的是：国语文占四分之一，古文占四分之三。四年合计，中学课程以二十时为准：国语文所占五小时内，白话文应占二小时，语法与作文一小时，演说一小时，辩论一小时；古文所占十五小时内，古文选本应占十二小时，文法与作文应占三小时。

现在我拟定两个国文课程的标准是：

（一）在小学未受过充分的国语教育的，应该注意下列三项：

（1）宜先求国语文的知识与能力。

（2）继续授国语文至二、三学年，第三、四学年内，始得兼授古文，但钟点不得过多。

（3）四学年内，作文均应以国语文为主。

（二）国语文已通畅的，也分为下列三项：

（1）宜注重国语文学与国语文法学。

（2）古文钟点可稍加多，但不得过全数三分之二。

（3）作文则仍应以国语文为主。

以上为中学的国文课程。以下再讲第三段。

三、 国语文的教材和教授法

（一）国语文的教材：国语文的教材与九年定的大略相同，不过现在的新主张比较旧主张略有增加。

（1）小说；

（2）戏剧与诗歌；

（3）长篇议论文与学术文；

（4）古白话文学选本。依时代编纂，约自唐代的诗、词、语录起，至晚清为止。这种选本可使学生知道——白话文非少数人提倡来的，乃是千余年演化的结果。我们溯追上去，自现在以至于古代，各个时代都有各个时代很好的白话文，都可供我们的选择。有许多作品，如宋人的白话小词，元人的白话小令，明、清人的白话小说，都是绝好的文学读物。

（5）国语文的文法。

（二）国语文的教授法：此与九年所拟的完全相同。

（A）指定分量，由学生自修。讲堂上只有讨论，不用讲解。注入式的教授，自不容于当代的新潮流，教员在讲堂上，除了补充和讨论以外，实在没有讲解的必要。

（B）用演说、辩论做国语的实用教授法。国语文既是一种活的文字，就应当用活的语言做活的教授法。演说、辩论……都是活的教授法，都能帮助国语教学的。我可以说："长于演说的人，一定能做好的文章，辩论家也是一样。"

各种国语教材的教授法，我在两年前已大略说过了。只有新添的"古白话文学"与"文法"两项可以提出来略说一点。

教授古白话文学时，应讲演白话文学的兴起、变迁的历史，指出选例的价值。

教授国语文法时，可略依下列之三条原则：

第一，于极短时期中，教完文法中"法式的"部分。所谓法式的部分，就是名词分几类、动词分几类、什么叫"主词"……

第二，然后注重国语文法的特别处。如"把他杀了"的"把"字；"我恨不得把这班贪官污吏杀的干干净净"的"的"字；"宋江杀了人了"的两个"了"字；"放了手吧"的"了"字；"那个在景阳冈上打虎的武松"的"的"字……这些都是国语文法的特别处，是应当特别注重的。

第三，改正不合文法的文句。有许多的国语文句是不合文法的，应当随时改正。比如："除非过半数的会员出席，大会才开得成。"这一句的上半句用"除非"，下半句不能用肯定，所以应该改为："除非过半数会员出席，大会是开不成的。"如此，才能免于文法上的错误。

以上讲完了国语文，现在讲古文之部。

四、 古文的教材和教授法

前年的计划之中，这一项惹起了最多的怀疑，而我自己这两年的观察也使我觉得这一项所以不能实施的原因了。现在先摘要说明我前年的主张：

（一）古文的教材：

第一学年，专读近人的文章，自梁任公到章太炎，都可选读。此外还应多看文言的小说，如《战血余腥记》《稽者传》等。

第二、三、四学年，分两种：

（甲）古文选本，从《老子》《檀弓》到姚鼐、曾国藩，每一个时代的重要作者，都应选入；于选本之中，包括古文文学史的性质。

（乙）自修的古文书，一个中学毕业生应该看过下列的几部书：

（A）史书：《资治通鉴》，或《纪事本末》等。

（B）子书：《孟子》《墨子》《荀子》《韩非子》《淮南子》《论衡》……

（C）文学书：《诗经》之外，随学生性质所近，选习两三种专集，如陶潜、杜甫、王安石、苏轼等。

（二）古文教授法：

（甲）教员分配分量，学生自己去预备。

（乙）讲堂上没有逐篇逐句讲解的必要，只有质疑问难、大家讨论两项事可做。

（丙）教员除解答疑难、引导讨论外，可以随时加入参考的材料。

以上是我三年前的主张。这个理想的计划，到现在看来，很像是完全失败了。教材的分量，早就有人反对了；教授古文，注重自修，大家也觉得难以实行。但这种失败，我还不肯认为根本的失败。我至今承认我当年主张的理由没有什么大错。我以为我的主张此时所以不能不失败，只为了一个原因，就是没有相当的设备。

三四年前普通见解总是愁白话文没有材料可教；现在我们才知道白话文还有一些材料可用，倒是古文，竟没有相当的教材可用。我曾说："那几本薄薄的古文读本是决不会教出什么成绩来的。"这话我至今认为不错。但除了那几本古文读本之外，还有什么适当于教科的书籍吗？我提倡学生自读古书，但是有几部古书可以便于自修呢？我曾举《资治通鉴》，但现行的《资治通鉴》——宋本、百衲本、局本、石印——哪一部可以供普通中学学生的自修呢？我又说过各种"子书"，但现在的子书可有一部适用的吗？就拿最简短的《老子》来说吧，王弼本与河上公本是最通行的了；然而清朝古学大师对于《老子》的校勘训诂——如王念孙、俞樾等——至今没有人搜集成一种便于自修的"集注"。究竟"常无欲以观其妙，常有欲以观其徼"二句应该读"常无""常有"为两小顿呢？还是读两个"欲"字做小顿呢？"常"字还是做"常常"解呢？还是依俞樾做"尚"字解呢？

我又说过《诗经》，但是《诗经》不经过一番大整理是不配做教本的。二百年来，学者专想推翻朱熹的《诗集传》，但朱

《传》① 仍旧是社会上最通行的本子。现在有几个中学国文教员能用胡承珙、马瑞辰、陈奂一班汉学家的笺疏呢？有几个能用姚际恒或龚橙的见解呢？究竟毛《传》、郑《笺》、孔《疏》、朱《传》……哪一家对呢？究竟齐诗、鲁诗、韩诗、毛诗的异同，有没有参考比较的价值呢？究竟《关关雎鸠》一篇是泛指"后妃之德"呢？还是美文王的后妃呢？还是刺她的曾孙媳妇康王后呢？还是老老实实地一首写相思的诗呢？这一部书，经过朱熹的整理，又经过无数学者的整理，然而至今还只是一笔糊涂账；专门研究的人还弄不清楚，何况中学学生呢？若我们也糊里糊涂地把朱熹的《诗集传》做课本，叫学生把《关雎》当作"后妃之德"的诗，那就是瞒心昧己，害人子弟了！

总之，我说的"没有相当的设备"，是说古书现在还不曾经过一番相当的整理。古书不经过一番新式的整理，是不适宜于自修的，我们不看见英美学生读的莎士比亚的戏剧吗？莎士比亚生当三百年前，他的戏剧若不整理，也就不好懂了。我们试拿三百年前刻的"四开"（quarto）、"对开"（folio）的古本《莎士比亚集》，比较现在学校用的那些有详序、有细注、有校勘记的本子，方才可以知道整理古书在教学上的重要了。

整理古书的方法，现在不能细说，只可说几个必不可少的条件：

（1）加标点符号。

---

① 即《诗集传》。——编者注。

（2）分段。

（3）删去繁重的、迂谬的、不必有的旧注。

（4）酌量加入必不可少的新注——这两条，我且举一个例。《诗经》的第一首，旧序与旧注都可删去，但注下列的几处：

（a）"关雎"是什么？

（b）"洲"字，"逑"字，"芼"字。

（c）"荇菜"是什么？

（d）"左右流之"的"流"字下有"之"字，明是外动词，与"水流"的"流"不同，故应加注。

（e）"思服"二字，应酌采诸家之说，定一适当之注。

（5）校勘。用古本、善本校勘异同，订正讹脱。

（6）考订真假。如《书经》的"古文"一部分是二百年来经学大师多认为假的了。如《庄子》的《说剑》《让王》《盗跖》诸篇，是宋人就认为假的了。

（7）做介绍及批评的序跋。每书应有详明的序跋，内中至少应有下列各项：

（a）著作人的小传。

（b）本书的历史。如序《书经》，应述"今古文"的公案。

（c）本书的价值。如序《诗经》，应指出它的文学价值。

有了这一番整理的工夫，我们就可以有一套《中学国故丛书》了。这部丛书的内容，大概有下列各种书：

（1）《诗经》　（2）《左传》　（3）《战国策》（4）《老子》

（5）《论语》　（6）《墨子》　（7）《庄子》　（8）《孟子》

（9）《荀子》　（10）《韩非子》（11）《楚辞》　（12）《史记》

（13）《淮南子》（14）《汉书》　（15）《论衡》　（16）《陶潜》

（17）《杜甫》　（18）《李白》　（19）《白居易》（20）《韩愈》

（21）《柳宗元》（22）《欧阳修》（23）《王安石》（24）《朱熹》

（25）《陆游》　（26）《杨万里》（27）《辛弃疾》（28）《马致远》

（29）《关汉卿》（30）《元曲选》（31）《明曲选》……

（这不过是随便举例，读者不可拘泥。）

有了这几十部或几百部整理过的古书，中学古文的教授便没有困难了。教材有了，自修是可能的了，教员与学生的参考材料也都有了。教员可以自由指定材料，而学生自修也就有乐无苦了。到了这个时候，我可以断定中学生的古文程度比现在大学生还要高些。大家如不相信，请努力多活几年，让我们实验给你们看！

（附记）这篇前三段是用杨君的笔记，末一段是我后来重做的。

十一，八，十七

（《胡适文存》）

梁启超（1873—1929），字卓如，号任公、饮冰室主人。广东新会人。20世纪初中国新旧交替时代著名政治活动家、启蒙思想家、教育家、史学家和文学家，戊戌变法领袖之一，民国初年清华大学国学院四大导师之一。梁启超学术研究涉猎广泛，在哲学、文学、史学、经学、法学、伦理学、宗教学等领域均有建树，以史学研究成就最大，被公认为中国近代史上百科全书式的人物；其著作后被合编为《饮冰室合集》。

青年元气之培养

梁启超

诸君，我今年要到清华学校讲演，很可惜不能像去年一样，在本校常与诸君相聚一堂。去年，又限于时间，不能多得机会一位一位地与诸君交换意见，在讲堂里头又不能多所讨论，这是很遗憾的。但诸君向学生之诚及听得很有兴味，我是知道的，至消化力何如，未看试卷，不能知道。惟脑子里既有印象，即现在不生影响，将来亦必发生的。我本来想在讲历史时间之外择几个题目与诸君讲讲，后来历史亦未能讲完，更无时候多讲。今天所讲的题目是《青年元气之培养》。此题本来至少须二三回始能讲完，今天开学，时间不多，不能详讲，只好简单说说。

诸君在第三年级者，只有一年，便须出校，即在一、二年者，亦离出校不远。简单言之，人必到社会，不到社会则所学亦无所施用，在学校到社会为人生最危险之时代，我们总应设法减少这个危险为要。

数年来，全国人对于学生之希望甚大，以为将来学生在社会上可为的事甚多，且能举极大之效。此本应有之事。如事事始终由老人把持，不求改良，何用希望学生呢？但现在最坏之人，国人均指为卖国者。他们从前亦被众人希望过，他也曾在某时代慷慨激昂地爱国自重，人人都推崇他，他亦自负甚大，后来何以竟变成如此坏呢？因为他自己未知社会之危险，未曾预先有种种预备，社会上几千年传下来坏的性质、坏的习惯甚多，如大火猛炉，无论何物均被其熔化。

学生在学校时，人人都有改革社会的思想，但一到社会与之抵抗，渐知其不可侮。有一败便降的，有一回一回反抗不胜而勇气消减的，有与恶社会战而不胜屡屡失败便与之讲和，不复施其攻击，渐与之相好而与之同化。其有才具出众者，便可在恶社会中兴风作浪，加增旧社会的坏以图其一己之利呢。

与恶社会战败而消极而讲和者甚多，其激烈者或发狂自杀者亦有。我今看诸君，觉得极可爱，但我们已经受了多少青年的骗了，一班又一班，一个浪又一个浪，正所谓"大江东去淘尽了多少英雄豪杰"。现在世人目为卖国的贼，从前我们希望他与希望现在诸君是一个样呀。青年之可爱在元气。孟子曰："吾善养吾浩然之气。"宋明儒言理、气、打坐等，谓为所以养气。今我所讲与宋明儒所讲的不同：

（一）设法减少摧残元气的资料，从物质上、精神上加增培养元气的资料。

（二）寻出一种高尚的嗜好，自己的人生观。

今试举实在的几件事讲讲：

（一）结婚。此事为诸君眼前的问题，万不可以早婚，非生计独立不可以婚。余今言培养元气，何以先论结婚呢？古人云："人不婚宦，情欲失半。"人不能不生活衣住，因生活衣住而尝影响于其人之人格，如欲保持人格，当以自己能力谋自己生活最重要。从幼年在学校为将来的预备，不能不依靠长辈；长辈只能供给你上学，到学校毕业，长者之责完了，往后便是你自己的事情了。一个人不能独立谋生、保持你的人格，便不能不堕落。此外一般人为然，即有学问的人亦如是。用自己的力量维持不了的时候，非堕落学坏不可。如你们诸君大学毕业后一个人维持自己的能力，人人都有的，无论知识低下的人都可以自谋生活的。但结了婚之后，便即要担任女子的生活了。不到数年，有了儿女，家累日更加重。到那时候，投降下来，只求恶社会容你生活，一点事都不能做了。

我奉劝诸君，非自己的能力到可以创造家庭的时候，无论如何切不可以造次结婚。别的事情都可以迁就老辈，唯独这件事情，是不能迁就老辈的。从前叫作"讨儿媳妇"，现在叫作"新家庭的创立"。若无相当能力，如何能创立新家庭呢？青年男女，无论如何，必要认定非自己有相当能力不可以创立新家庭的时候，切不可以创立。初时单人匹马，独往独来，自己一人有何不可，若后边有了一群儿女，那必至弃甲曳兵而走了。

（二）职业。三年生诸君离职业问题已不远了。我看来，新人物的需要在今日的社会日见其颇难。但将来十年后各处学校林立，人才众多，供过于求，到那时当又不容易了。惟现在确是极需要新人物的时候，即以上海商界而论，其从前之顽固腐败实比北京政界为尤甚，但此二、三年来，上海商界很吸收许多新学生。诸君现在在学之学校名誉甚好，诸君所学实际上亦比较的优良，故职业问题可以不必太忧虑。一、二年级诸君，如将来尚到外国留学，则入社会当在七八年后，那时当更难于今日了。为将来计，选择预备不可没有，应向自己特长的方面发展。譬如欲到某公司、某银行办事或欲以所学教人，其预备极不相同。如学文科，则一方面著书，一方面可以当教习；如学理科，以现在而论，尚以当教员为多，以之应用者尚鲜。依我看来，做生意固好，教育将来之人才亦好，无论自己决意做商人或做商科教习，总要自己选择好。如现在不选择好，将来两头不到岸，必极狼狈。尚有一句话，方面万不可太多，一般常识固然不可没有，但必须有一门为自己特别专精的，即如学商科的人，专研究交易所一件岂不是极窄吗？但使研究得到独到之处，则将来办交易所的人非请我不可；或是当这一课的教习，亦没有人抢得过我。学问无论哪一门均可成名，但不可以半瓶醋。我们学外国的学问，人人都是得了半瓶醋，这是不能收效的。以后我们要取分工主义：我满这瓶，人满那瓶，各人量度自己性情、性质、环境、机会等，发挥所长，寻出一样看家本事，在社会上当然可以求得生活，长保自己的元气。

诸君生活程度亦万不可以尽量加增，得百金者只可用到八十，切不可用到百金以上，至多以自己职业所得的结果为度。今诸君在学校应将此习惯养成，诸君此时如花将开，春初一二月的时候，在学校时须将节制的生活养成后，将来入社会可望保持元气，保持人格。

以上所讲都是物质方面的话。至于精神的方面，今天时间匆促不能多讲，但简单言之，人类是活的动物，嗜好是不能免的，压之愈甚，则其崩决愈大。故嗜好不可无，但从小的时候须注意，如引嗜好于好的方面则变好，引嗜好于恶的方面则变恶，故人须择一二种高尚的嗜好养成之。如我学商或学矿，将来任事不能长年长月在商场或矿地，故在职业以外必有嗜好。无高尚的嗜好，则必染到卑下的嗜好，如打牌、花酒等。凡人不自引于正路，则必日趋下流。诸君要把自己当作"花""树"，自己好好地培养。若自己性情与之相近，即如写字、绘画、音乐等，每日为之，养成习惯，将来在社会上任事到疲劳或极不得意的时候，亦可因此而回复加增其勇气，此种嗜好非养成不可。

我们生在世上为什么？我们每日造事为的是什么？人人各有他自己的人生观，但每日各人将自己的人生观提醒提醒，这是最要的。我自己向来是乐观的。我自己的人生观，可以讲是无所为而为之。我无论做何事，要做一事就是一事，绝不以为手段。古人有言："读经致用。"从前读书为的是升官发财，三年一科考状元，考到的兴高采烈，考不到的无限懊恼。我无所为而为之，即所谓为真理而求真理，为劳动而做劳动，为文艺而研究文艺，为科学而研究科学。古人劝世人每谓积阴功可以生子发财，及其不生子不发财，则必怨怼而不复行慈善事，我今为的是"人要爱人，我故爱人"，报应何如，我都不问。

今日因时间短促，不能详细讲，后半段对于精神修养的话，更为简略，不过略供诸君参考。

望诸君留意。

1922 年 2 月 6 日在南开大学演讲

胡　适（1891—1962），原名嗣穈，学名洪骍，字希疆；后改名胡适，字适之，笔名天风、藏晖等。安徽绩溪人。因提倡文学革命而成为新文化运动的领袖之一。历任北京大学教授、北京大学文学院院长、中华民国驻美利坚合众国特命全权大使、北京大学校长等职。胡适兴趣广泛，著述丰富，在文学、哲学、史学、考据学、教育学、伦理学、红学等诸多领域都有深入的研究，被誉为现代思想文化界最稳健、最优秀、最高瞻远瞩的哲人智者。

学生与社会

胡　适

今天我同诸君所谈的题目是"学生与社会"。这个题目可以分两层讲：一，个人与社会；二，学生与社会。现在先说第一层。

一、个人与社会

（一）个人与社会有密切的关系，个人就是社会的出产品。我们虽然常说"人有个性"，并且提倡发展个性，其实个性于人，不过是千分之一，而千分之九百九十九全是社会的。我们的说话，是照社会的习惯发音；我们的衣服，是按社会的风尚为式样；就是我们的一举一动，无一不受社会的影响。

六年前我做过一首《朋友篇》，在这篇诗里我说："清夜每自思，此身非吾有：一半属父母，一半属朋友。"如今想来，这百分之五十的比例算法是错了。此身至少有千分之九百九十九是属于广义的朋友的。我们现在虽在此地，而几千里外的人，不少的同我们发生关系。我们不能不穿衣，不能不点灯，这衣服与灯，不知经过多少人的手才造成功的。这许多为我们制衣造灯的人，都是我们不认识的朋友，这衣与灯就是这许多不认识的朋友给予我们的。

再进一步说，我们的思想、习惯、信仰……都是社会的出产品，社会上都说"吃饭"，我们不能改转来说"饭吃"。我们所以为我们，就是这些思想、信仰、习惯……这些既都是社会的，那么除过社会，还能有我吗？

这第一点内要义：我之所以为我，在物质方面，是无数认识与不认识的朋友的；在精神方面，是社会的。所谓"个人"，差不多完全是社会的出产品。

（二）个人——我——虽仅是千分之一，但是这千分之一的"我"是很可宝贵的。普通一班的人，差不多千分之千都是社会的，思想、举动、言语、服食都是跟着社会跑。有一二特出者，有千分之一的我——个性，于跟着社会跑的时候要另外创作，说人家未说的话，做人家不做的事。社会一班人就给他一个诨号，叫他"怪物"。

怪物原有两种：一种是发疯，一种是个性的表现。这种个性表现的怪物，是社会进化的种子，因为人类若是一代一代地互相仿照，不有变更，那就没有进化可言了。唯其有些怪物出世，特立独行，做人不做的事，说人未说的话，虽有人骂他打他，其而逼他至死，他仍是不改他的怪言、怪行。久而久之，渐渐地就有人模仿他了，由少数的怪变为多数，更变而为大多数，社会的风尚从此改变，把先前所怪的反视为常了。

宗教中的人物大都是些怪物，耶稣就是一个大怪物。当时的人都以为有人打我一掌，我就应该还他一掌。耶稣偏要说："有人打我左脸一掌，我应该把右边的脸转送给他。"他的言语、行为，处处与当时的习尚相反，所以当时的人就以为他是一个怪物，把他钉死在十字架上。但是他虽死不改其言行，所以他死后就有人尊敬他，爱慕、模仿他的言行，成为一个大宗教。

怪事往往可以轰动一时，凡轰动一时的事，起先无不是可怪异的。比如缠足，当初一定是很可怪异的，而后来风行了几百年。近来把缠小的足放为天足，起先社会上同样以为可怪，而现在也渐风行了。可见不是可怪，就不能轰动一时。社会的进化，纯是千分之一的怪物，可以牺牲名誉、性命而做可怪的事、说可怪的话以演成的。

社会的习尚本来是革不尽，而也不能够革尽的，但是改革一次，虽不能达完全目的，至少也可改革一部分的弊习。譬如辛亥革命，本是一个大改革，以现在的政治社会情况看，固不能说是完全成功，而社会的弊习——如北京的男风、官家厅的公门等等——附带革除的实在不少。所以在实际上说，总算是进化得多了。

这第二点的要义：个人的成分虽仅占千分之一，而这千分之一的个人就是社会进化的原因。人类的一切发明，都是由个人一点一点改良而成功的。唯有个人可以改良社会，社会的进化全靠个人。

二、 学生与社会

由上一层推到这一层，其关系已很明白。不过在文明的国家，学生与社会的特殊关系当不大显明，而学生所负的责任也不大很重。唯有在文明程度很低的国家，如像现在的中国，学生与社会的关系特深，所负的改良的责任也特重。这是因为学生是受过教育的人，中国现在受过完全教育的人，真不足千分之一，这千分之一受过完全教育的学生，在社会上所负的改良责任，岂不是比全数受过教育的国家的学生，特别重大吗？

教育是给人戴一副有光的眼镜，能明白观察；不是给人穿一件锦绣的衣服，在人前夸耀。未受教育的人，是近视眼，没有明白的认识，远大的视力；受了教育，就是近视眼戴了一副近视镜，眼光变了，可以看明清楚远大。学生读了书，造下学问，不是为要到他的爸爸面前，要吃肉菜，穿绸缎；是要认他爸爸认不得的，替他爸爸说明，来帮他爸爸的忙。他爸爸不知道肥料的用法、土壤的选择，他能知道，告诉他爸爸，给他爸爸制肥料、选土壤，那他家中的收获就可以比别人家多出许多了。

从前的学生都喜欢戴平光的眼镜，那种平光的眼镜戴如不戴，不是教育的结果。教育是要人戴能看从前看不见并能看人家看不见的眼镜。我说社会的改良全靠个人，其实就是靠这些戴近视镜、能看人所看不见的个人。

从前眼镜铺不发达，配眼镜的机会少，所以近视眼老是近视看不远。现在不然了，戴眼镜的机会容易得多了，差不多是送上门来，让你去戴。若是我们不配一副眼镜戴，那不是自弃吗？若是仅戴一副看不清、看不远的平光镜，那也是可耻的事呀。

这是一个比喻，眼镜就是知识，学生应当求知识，并应当求其所要的知识。

戴上眼镜，往往容易招人家厌恶。从前是近视眼，看不见人家脸上的麻子，戴上眼镜，看见人家脸上有麻子，就要说："你是个麻子脸。"有麻子的人，多不愿意别人说他的麻子。要听见你说他是麻子，他一定要骂你，甚而或许打你。这一改意思，就是说受过教育就认识清社会的恶习，而发不满意的批评。这种不满意社会的批评最容易引起社会的反感，但是人受教育，求知识，原是为发现社会的弊端。若是受了教育，而对于社会仍是处处觉得满意，那就是你的眼镜配错了光了，应该返回去审查一审查，重配一副光度合适的才好。

从前格里林因人家造的望远镜不适用，他自己造了一个扩大几百倍的望远镜，能看木星现象。他请人来看，而社会上的人反以为他是魔术迷人，骂他为怪物、革命党，几乎把他弄死。他唯其不屈不挠，不可抛弃他的学说，停止他的研究，而望远镜竟成为今日学问上、社会上重要的东西了。

总之，第一要有知识，第二要有图书。若是没骨子，便在社会上站不住。有骨子就是有奋斗精神，认为是真理，虽死不畏，都要去说去做。不以我看见、我知道而已，还要使一班人都认识，都知道，由少数变为多数，由多数变为大多数，使一班人都承认这个真理。譬如现在有人反对修铁路，铁路是便利交通、有益社会的，你们应该站在房上喊叫宣传，使人人都知道修铁路的好处。若是有人厌恶你们，阻挡你们，你们就要拿出奋斗的精神，与他抵抗，非把你们的目的达到。不止你们的喊叫宣传，这种奋斗的精神是改造社会绝不可少的。

二十年前的革命家，现在哪里去了？他们的消灭不外两个原因：①眼镜不适用了。二十年前的康有为是一个出风头的革命家，不怕死的好汉子。现在人都笑他为守旧，老古董，都是由他不去把不适用的眼镜换一换的缘故。②无骨子。有一班革命家，骨子软了，人家给他些钱，或给他一个差事，教他不要干，他就不敢干了。没有一种奋斗精神，不能拿出"你不要我干，我偏要干"的决心，所以都消灭了。

我们学生应当注意的就是这两点：眼镜的光若是不对了，就去换一副对的来戴；摸着脊骨软了，要吃一点硬骨药。

我的话讲完了，现在讲一个故事来做结。易卜生所做的"国民公敌"一剧，写一个医生司铎门发现了本地浴场的水里有传染病菌，他还不敢自信，请一位大学教授代为化验，果然不错。他就想要去改良它。不料浴场董事和一班股东因为改造浴池要耗费资本，拼死反对。他的老大哥与他的老丈人也都多方的以情感利诱，但他总是不可软化。他于万分困难之下设法开了一个公民会议，报告他的发明。会场中的人不但不听他的老实话，还把他赶出场去，裤子撕破，宣告他为国民公敌。他气愤不过，说："出去争真理，不要穿好裤子。"他是真有奋斗精神，能够特立独行的人，于这种逼迫之下还是不稍退缩。他说："世界最有强力的人就是那最孤立的人。"我们要改良社会，就要学这"争真理不穿好裤子"的态度，相信这"最孤立的人是最有强力的人"的名言。

1922 年 2 月 19 日在平民中学演讲

胡适（1891—1962），原名嗣穈，学名洪骍，字希疆；后改名胡适，字适之，笔名天风、藏晖等。安徽绩溪人。因提倡文学革命而成为新文化运动的领袖之一。历任北京大学教授、北京大学文学院院长、中华民国驻美利坚合众国特命全权大使、北京大学校长等职。胡适兴趣广泛，著述丰富，在文学、哲学、史学、考据学、教育学、伦理学、红学等诸多领域都有深入的研究，被誉为现代思想文化界最稳健、最优秀、最高瞻远瞩的哲人智者。

我们对于学生的希望*

胡　适

今天是 5 月 4 日。我们回想去年今日，我们两人都在上海欢迎杜威博士，直到 5 月 6 日方才知道北京 5 月 4 日的事。日子过得真快，匆匆又是一年了。

当去年的今日，我们心里只想留住杜威先生在中国讲演教育哲学；在思想一方面提倡实验的态度和科学的精神；在教育一方面输入新鲜的教育学说，引起国人的觉悟，大家来做根本的教育改革。这是我们去年今日的希望。不料事势的变化大出我们意料之外。这一年以来，教育界的风潮几乎没有一个月平静的，整整的一年光阴就在这风潮扰攘里过去了。

这一年的学生运动，从远大的观点看起来，自然是几十年

---

*本文系胡适、蒋梦麟联名义发表，文见 1920 年《新教育》第 2 卷第 5 期。

来的一件大事。从这里面发生出来的好效果，自然也不少：引起学生的自动精神，是一件；引起学生对于社会国家的兴趣，是二件；引出学生的作文演说的能力、组织的能力、办事的能力，是三件；使学生增加团体生活的经验，是四件；引起许多学生求知识的欲望，是五件。这都是旧日的课堂生活所不能产生的，我们不能不认为学生运动的重要贡献。

社会若能保持一种水平线以上的清明，一切政治上的鼓吹和设施，制度上的评判和革新，都应该有成年的人去料理；未成年的一班人（学生时代的男女），应该有安心求学的权利，社会也用不着他们来做学校生活之外的活动。但是我们现在不幸生在这个变态的社会里，没有这种常态社会中人应该有的福气。社会上许多事，被一班成年的或老年的人弄坏了，别的阶级又都不肯出来干涉纠正，于是这种干涉纠正的责任遂落在一班未成年的男女学生的肩膀上，这是变态的社会里一种不可免的现象。现在有许多人说学生不应该干预政治，其实并不是学生自己要这样干，这都是社会和政府硬逼出来的。如果社会国家的行为没有受学生干涉纠正的必要，如果学生能享安心求学的幸福而不受外界的强烈刺激和良心上的督责，他们又何必甘心抛了宝贵的光阴，冒着生命的危险来做这种学生运动呢？

简单一句话：在变态的社会国家里面，政府太卑劣腐败了，国民又没有正式的纠正机关（如代表民意的国会之类），那时候干预政治的运动，一定是从青年的学生界发生的。汉末的太学生，宋代的太学生，明末的结社，戊戌政变以前的公车上书，辛亥以前的留学生革命党，俄国从前的革命党，德国革命前的学生运动，印度和朝鲜现在的独立运动，中国去年的"五四"运动与"六三"运动，都是同一个道理，都是有发生的理由的。

但是我们不要忘记：这种运动是非常的事，是变态的社会里不得已的事。但是它又是很不经济的不幸事，因为是不得已，故它的发生是可以原谅的。因为是很不经济的不幸事，故这种运动是暂时不得已的救急办法，却不可长期存在的。

荒唐的中年老年人闹下了乱子，却要未成年的学生抛弃学业、荒废光阴来干涉纠正，这是天下最不经济的事。况且中国眼前的学生运动更是不经济。何以故呢？试看自汉末以来的学生运动，试看俄国、德国、印度、朝鲜的学生运动，哪有一次用罢课做武器的？即如去年的"五四"与"六三"这两次的成绩，可是单靠罢课做武器的吗？单靠用罢课做武器，是最不经济的方法，是下下策，屡用不已，是学生运动破产的表现！

罢课于敌人无损，于自己却有大损失，这是人人共知的。但我们看来，用罢课做武器，还有精神上的很大损失：

（一）养成倚赖群众的恶心理。现在的学生很像忘了个人自己有许多事可做。他们很像以为不全体罢课便无事可做。个人自己不肯牺牲，不敢做事，却要全体罢了课来呐喊助威，自己却躲在大众群里跟着呐喊，这种倚赖群众的心理是懦夫的心理！

（二）养成逃学的恶习惯。现在罢课的学生究竟有几个人出来认真做事，其余无数的学生，既不办事，又不自修，究竟为了什么事罢课？从前还可说是基于义愤的表示，大家都认作一种最重大的武器，不得已而用之。久而久之，学生竟把罢课的事看作很平常的事。我们要知道，多数学生把罢课看作很平常的事，这便是逃学习惯已养成的证据。

（三）养成无意识的行为的恶习惯。无意识的行为就是自己说不出为什么要做的行为。现在不但学生把罢课看作很平常的事，社会也把学生罢课看作很平常的事。一件很重大的事变成了很平常的事，还有什么功效灵验？既然明知没有灵验功效，却偏要去做；一处无意识地做了，别处也无意识地盲从。这种心理的养成实在是眼前和将来最可悲观的现象。

以上说的是我们对于现在学生运动的观察。

我们对于学生的希望，简单说来，只有一句话："我们希望学生从今以后要注重课堂里、自修室里、操场上、课余时间里的学生活动。只有这种学生活动是能持久又最有功效的学生运动。"

这种学生活动有三个重要部分：

（1）学问的生活。

（2）团体的生活。

（3）社会服务的生活。

第一，学问的生活。这一年以来，最可使人乐观的一种好现象，就是许多学生对于知识学问的兴趣渐渐增加了。新出的出版物的销数增加，可以估量学生求知识的兴趣增加。我们希望现在的学生充分发展这点新发生的兴趣，注重学问的生活。要知道社会国家的大问题决不是没有学问的人能解决的。我们说的"学问的生活"，并不限于从前的背书抄讲义的生活。我们希望学生（无论中学、大学）都能注重下列的几项细目：

（1）注重外国文。现在中文的出版物实在不够满足我们求知识的欲望。求新知识的门径在于外国文，每个学生至少须要能用一种外国语看书。学外国语须要经过查生字、记生字的第一难关。千万不要怕难，若是学堂里的外国文教员确是不好，千万不要让他敷衍你们，不妨赶跑他。

（2）注重观察事实与调查事实。这是科学训练的第一步。要求学校里用实验来教授科学，自己去采集标本，自己去观察调查。观察调查须要有个目的——例如，本地的人口、风俗、出产、植物、鸦片烟馆等项的调查——还要注重团体的互助，分工合作，做成有系统的报告。现在的学生天天谈"二十一条"，究竟"二十一条"是什么东西，有几个人说得出吗？天天谈"高徐济顺"，究竟有几个指得出这条路在什么地方吗？这种不注重事实的习惯是不可不打破的。打破这种习惯的唯一法子，就是养成观察调查的习惯。

（3）建设地促进学校的改良。现在的学校课程和教员，一定有许多不能满足学生求学的欲望的。我们希望学生不要专做破坏的攻击，须要用建设的精神促进学校的改良。与其提倡考试的废止，不如提倡考试的改良；与其攻击校长不多买博物标本，不如提倡学生自去采集标本。这种建设的促进比教育部和教育厅的命令的功效大得多咧。

（4）注重自修。灌进去的知识学问没有多大用处的。真正可靠的学问都是从自修得来。自修的能力是求学问的唯一条件。不养成自修的能力，决不能求学问。自修注重的事是：①看书的能力。②要求学校购备参考书报，如大字典、词典、重要的大部书之类。③结合同学多买书报，交换阅看。④要求教员指导自修的门径和自修的方法。

第二，团体的生活。"五四"运动以来，总算增加了许多学生的团体生活的经验。但是现在的学生团体有两大缺点：①内容太偏枯了；②组织太不完备了。内容偏枯的补救，应注意各方面的"俱分并进"。

（1）学术的团体生活，如学术研究会或讲演会之类。应该注重自动的调查、报告、试验、讲演。

（2）体育的团体生活，如足球、运动会、童子军、野外幕居、假期游行等。

（3）游艺的团体生活，如音乐、图画、戏剧等。

（4）社交的团体生活，如同学茶会、家人恳亲会、师生恳亲会、同乡会等。

（5）组织的团体生活，如本校学生会、自治会、各校联合会、学生联合总会之类。

要补救组织的不完备，应注重世界通行的议会法规（parliamentary law）的重要条件。简单说来，至少须有下列的几个条件：

（1）法定开会人数。这是防弊的要件。

（2）动议的手续与修正议案的手续。这是议会法规里最繁难又最重要的一项。

（3）发言的顺序。这是维持秩序的要件。

（4）表决的方法。①须规定某种议案必须全体几分之几的可决，某种必须到会人数几分之几的可决，某种仅须过半数的可决。②须规定某种重要议案必须用无记名投票，某种必须用有记名投票，某种可用举手的表决。

（5）凡是代表制的联合会——无论校内校外——皆须有复决制（referendum）。遇重大的案件，代表会议的议决案必须再经过会员的总投票。总会的议决案必须再经过各分会的复决。

（6）议案提出后，应有规定的讨论时间，并须限制每人发言的时间与次数。

现在许多学生会的章程，只注重职员的分配，却不注重这些最要紧的条件，这是学生团体失败的一个大原因。

此外还须注意团体生活最不可少的两种精神：

（1）容纳反对党的意见。现在学生会议的会场上，对于不肯迎合群众心理的言论，往往有许多威压的表示，这是暴民专制，不是民治精神。民治主义的第一个条件，就是要使各方面的意见都可自由发表。

（2）人人要负责任。天下有许多事，都是不肯负责任的"好人"弄坏的。好人坐在家里叹气，坏人在议场上做戏，天下事所以败坏了。不肯出头负责的人，便是团体的罪人，便不配做民治国家的国民。民治主义的第二个条件，是人人要负责任，要尊重自己的主张，要用正当的方法来传播自己的主张。

第三，社会服务的生活。学生运动是学生对于社会国家的利害发生兴趣的表示，所以各处都有平民夜校、平民讲演的发起。我们希望今后的学生继续推广这种社会服务的事业。这种事业：一来是救国的根本办法；二来是学生的能力做得到的；三来可以发展学生自己的学问与才干；四来可以训练学生待人接物的经验。我们希望学生注意以下各点：

（1）平民夜校。注重本地的需要，介绍卫生的常识、职业的常识和公民的常识。

（2）通俗讲演。现在那些"同胞快醒，国要亡了""杀卖国贼""爱国是人生的义务"等空话的讲演，是不能持久的，说了两三遍就没有了。我们希望学生注重科学常识的讲演、改良风俗的讲演、破除迷信的讲演，譬如你今天演说"下雨"，你不能不先研究雨是怎样来的，何以从天上下来，听的人也可以因此知道雨不是龙王菩萨洒下来的，也可以知道雨不是道士和尚求得下来的。又如你明天演说"种田何以须用石灰做肥料"，你就不能不研究石灰的化学，听的人也可以因此知道肥料的道理。这种讲演不但于人有益，于自己也极有益。

（3）破除迷信的事业。我们希望学生不但用科学的道理来解释本地的种种迷信，并且还要实行破除迷信的事业。如求神合婚、求仙方、放焰口、风水等迷信，都该破除。学生不来破除迷信，迷信是永远不会破除的。

（4）改良风俗的事业。我们希望学生用力去做改良风俗的事业。如女子缠足的，现在各处多有，学生应该组织天足会，相诫不娶小脚的女子。不能解放你的姊妹们的小脚，你就不配谈"女子解放"。又如鸦片烟与吗啡，现在各处仍旧很销行。学生应该组织调查队、侦探队，或报告官府，或自动地捣毁烟间与吗啡店。你不能干涉你村上的鸦片、吗啡，你也不配干预国家的大事。

以上说的是我们对于学生的希望。

学生运动已发生了，是青年一种活动力的表现，是一种好现象，决不能压下去的，也决不可把它压下去。我们对于办教育的人的忠告是："不要梦想压制学生运动。学潮的救济只有一个法子，就是引导学生向有益有用的路上去活动。"

学生运动现在四面都受攻击，"五四"的后援也没有了，"六三"的后援也没有了。我们对于学生的忠告是："单靠用罢课做武器是下下策，可一而再、再而三的么？学生运动如果要想保存'五四'和'六三'的荣誉，只有一个法子，就是改变活动的方向，把'五四'和'六三'的精神用到学校内外有益有用的学生活动上去。"

我们讲的话，是很直率，但这都是我们的老实话。

朱光潜（1897—1986），字孟实。安徽桐城人。现代著名美学家、文艺理论家、教育家和翻译家。先在香港大学学习，后留学英国、法国和德国，获文学硕士、博士学位。1933年回国后，先后在北京大学、四川大学、武汉大学任教。朱光潜是继王国维之后的一代美学宗师，对中西文化都有很高的造诣，所著《悲剧心理学》《文艺心理学》等具有开创性意义。

谈美感教育
朱光潜

世间事物有真、善、美三种不同的价值，人类心理有知、情、意三种不同的活动。这三种心理活动恰和三种事物价值相当：真关于知，善关于意，美关于情。人能知，就有好奇心，就要求知，就要辨别真伪，寻求真理。人能发意志，就要想好，就要趋善避恶，造就人生幸福。人能动情感，就爱美，就欢喜创造艺术，欣赏人生自然中的美妙境界。求知、想好、爱美，三者都是人类天性；人生来就有真善美的需要，真善美具备，人生才完美。

教育的功用就在顺应人类求知、想好、爱美的天性，使一个人在这三方面得到最大限度的调和的发展，以达到完美的生活。"教育"一词在西文为education，是从拉丁动词educare来的，原义是"抽出"。所谓"抽出"，就是"启发"。教育的目的在"启发"人性中所留有的求知、想好、爱美的本能，使它们尽量生展。中国儒家的最高的人生理想是"尽性"。他们说："能尽人之性则能尽物之性，能尽物之性则可以参天地之化育。"教育的目的可以说就是使人"尽性"，"发挥性之所固有"。

物有真、善、美三面，心有知、情、意三面，教育求在这三方面同时发展，于是有智育、德育、美育三节目。智育叫人研究学问，求知识，寻真理；德育叫人培养良善品格，学做人处世的方法和道理；美育叫人创造艺术，欣赏艺术与自然，在人生世相中寻出丰富的兴趣。三育对于人生本有同等的重要，但是在流行教育中，只有智育被人看重，德育在理论上的重要性也还没有人否认，至于美育，则在实施与理论方面都很少有人顾及。二十年前蔡孑民先生一度提倡过"美育代宗教"，他的主张似没有发生多大的影响。

还有一派人不但忽略美育，而且根本仇视美育。他们仿佛觉得艺术有几分不道德，美育对于德育有妨碍。希腊大哲学家柏拉图就以为诗和艺术是说谎的，逢迎人类卑劣情感的，多受诗和艺术的熏染，人就会失去理智的控制而变成情感的奴隶，所以他对诗人和艺术家说了一番客气话之后，就把他们逐出"理想国"的境外。中世纪耶稣教徒的态度也很类似。他们以倡苦行主义求来世的解脱，文艺是现世中一种快乐，所以被看成一种罪孽。近代哲学家中卢梭是平等自由说的倡导者，照理应该能看得宽远一点，但是他仍是怀疑文艺，因为他把文艺和文化都看成朴素天真的腐化剂。托尔斯泰对近代西方艺术的攻击更丝毫不留情面，他以为文艺常传染不道德的情感，对于世道人心影响极坏。他在"艺术论"里说："每个有理性有道德的人应该跟着柏拉图以及耶回教师，把这问题重新这样决定：宁可不要艺术，也莫再让现在流行的腐化的虚伪的艺术继续下去。"

这些哲学家和宗教家的根本错误在认定情感是恶的，理性是善的，人要能以理性镇压感情，才达到至善。这种观念何以是错误的呢？人是一种有机体，情感和理性既都是天性固有的，就不容易拆开。造物不浪费，给我们一份家当就有一份的用处。无论情感是否可以用理性压抑下去，纵是压抑下去，也是一种损耗，一种残废。人好比一棵花草，要根茎枝叶花实都得到平均的和谐的发展，才长得繁茂有生气。有些园丁不知道尽草木之性，用人工去歪曲自然，使某一部分发达到超出常态，另一部分则受压抑摧残，这种畸形发展是不健康的状态，在草木如此，在人也是如此。理想的教育不是摧残一部分天性而去培养另一部分天性，以致造成畸形的发展；理想的教育是让天性中所有的潜蓄力量都得尽量发挥，所有的本能都得平均调和发展，以造成一个全人。所谓"全人"，除体格强壮以外，心理方面真善美的需要必都得到满足。只顾求知而不顾其他的人是书虫，只讲道德而不顾其他的人是枯燥迂腐的清教徒，只顾爱美而不顾其他的人是颓废的享乐主义者。这三种人都不是全人，而是畸形人，精神方面的驼子跛子。养成精神方面的驼子跛子的教育是无可辩护的。

美感教育是一种情感教育。它的重要我们的古代儒家是知道的。儒家教育特重诗，以为它可以兴观群怨；又特重礼乐，以为"礼以制其宜，乐以导其和"。《论语》有一段话总述儒家教育宗旨说："兴于诗，立于礼，成于乐。"诗、礼、乐三项可以说都属于美感教育。诗与乐相关，目的在怡情养性，养成内心的和谐（harmony）；礼重仪节，目的在使行为仪表就规范，养成生活上的秩序（order）。蕴于中的是性情，受诗与乐的陶冶而达到和谐；发于外的是行为仪表，受礼的调节而进到秩序，内具和谐而外具秩序的生活，从伦理观点看，是最善的；从美感观点看，也是最美的。儒家教育出来的人要在伦理和美感观点都可以看得过去。

这是儒家教育思想中最值得注意的一点。他们的着重点无疑地是在道德方面，德育是他们的最后鹄的，这是他们与西方哲学家、宗教家柏拉图和托尔斯泰诸人相同的。不过他们高于柏拉图和托尔斯泰诸人，因为柏拉图和托尔斯泰诸人误认美育可以妨碍德育，而儒家则认定美育为德育的必由之径。道德并非陈腐条文的遵守，而是至性真情的流露。所以德育从根本做起，必须怡情养性。美感教育的功用就在怡情养性，所以是德育的基础工夫。严格地说，善与美不但不相冲突，而且到最高境界，根本是一回事，它们的必有条件同是和谐与秩序。从伦理观点看，美是一种善；从美感观点看，善也是一种美。所以在古希腊文与近代德文中，美善只有一个字，在中文和其他近代语文中，"善"与"美"二字虽分开，仍可互相替用。真正的善人对于生活不苟且，犹如艺术家对于作品不苟且一样。过

一世生活好比做一篇文章，文章求惬心贵当，生活也须求惬心
贵当。我们嫌恶行为上的卑鄙龌龊，不仅因其不善，也因其丑；
我们赞赏行为上的光明磊落，不仅因其善，也因其美。一个真
正有美感修养的人，必定同时也有道德修养。

美育为德育的基础，英国诗人雪莱在《诗的辩护》里也说
得透辟。他说："道德的大原在仁爱，在脱离小我，去体验我以
外的思想行为和体态的美妙。一个人如果真正做善人，必须能
深广地想象，必须能设身处地替旁人想，人类的忧喜苦乐变成
他的忧喜苦乐。要达到道德上的善，最大的途径是想象；诗从
这根本上做功夫，所以能发生道德的影响。"换句话说，道德起
于仁爱，仁爱就是同情，同情起于想象。比如你哀怜一个乞丐，
你必定先能设身处地想象他的痛苦。诗和艺术对于主观的情境
必能"出乎其外"，对于客观的情境必能"入乎其中"，在想象
中领略它，玩索它，所以能扩大想象，培养同情。这种看法也
与儒家学说暗合。儒家在诸德中特重"仁"，"仁"近于耶稣教
的"爱"、佛教的"慈悲"，是一种天性，也是一种修养。仁的
修养就在诗。儒家有一句很简赅深刻的话："温柔敦厚诗教也。"
诗教就是美育，温柔敦厚就是仁的表现。

美育不但不妨害德育，而且是德育的基础，如上所述。不
过美育的价值还不仅在此。西方人有一句恒言说："艺术是解放
的，给人自由的。"（Art is liberative.）这句话最能见出艺术的
功用，也最能见出美育的功用。现在我们就在这句话的意义上
发挥。从哪几方面看，艺术和美育是"解放的，给人自由

的"呢？

第一是本能冲动和情感的解放。人类生来有许多本能冲动和附带的情感，如性欲、生存欲、占有欲、爱、恶、怜、惧之类。本自然倾向，它们都需要活动，需要发泄。但是在实际生活中，它们不但常彼此互相冲突，而且与文明社会的种种约束，如道德、宗教、法律、习俗之类不相容。我们每个人都知道，本能冲动和欲望是无穷的，而实际上有机会实现的却寥寥有数。我们有时察觉到本能冲动和欲望不大体面，不免起羞恶之心，硬把它们压抑下去；有时自己对它们虽不羞恶而社会的压力过大，不容它们赤裸裸地暴露，也还是被压抑下去。性欲是一个最显著的例。从前哲学家、宗教家大半以为这些本能冲动和情感都是卑劣的、不道德的、危险的，承认压抑是最好的处置。他们的整部道德信条有时只在理智镇压情欲。我们在上文指出这种看法不合理，说它违背平均发展的原则，容易造成畸形发展。其实它的祸害还不仅此。佛洛依德（Freud）派心理学告诉我们，本能冲动和附带的情感仅可暂时压抑而不可永远消灭，它们理应有自由活动的机会，如果勉强被压抑下去，表面上像是消灭了，实际上在隐意识里凝聚成精神上的疮疖，为种种变态心理和精神病的根源。依佛洛依德看，我们现代文明社会中人因受道德、宗教、法律、习俗的裁制，本能冲动和情感常难得正常的发泄，大半都有些"被压抑的欲望"所凝成的"情意结"（complexes）。这些情意结潜蓄着极强烈的捣乱力，一旦爆发，就成精神上种种病态。但是这种潜力可以借文艺而发泄，因为文艺所给的是想象世界，不受现实世界的束缚和冲突，在这想象世界中，欲望可以用"望梅止渴"的办法得到满足。文艺还把带有野蛮性的本能冲动和情感提到一个较高尚、较纯洁的境界去活动，所以有升华作用（sublimation）。有了文艺，本能冲动和情感才得自由发泄，不致凝成疮疖，酿精神病，它的功用有如机器方面的"安全瓣"（safety volve）。佛洛依德的心理学有时近于怪诞，但实含有一部分真理。文艺和其他美感活动给本能冲动和情感以自由发泄的机会，在日常经验中也可以得到证明。我们每当愁苦无聊时，费一点工夫来欣赏艺术作品或自然风景，满腹的牢骚就马上烟消云散了。读古人痛快淋漓的文章，我们常有"先得我心"的感觉。看过一部戏或是读过一部小说以后，我们觉得曾经紧张了一阵是一件痛快事。这些快感都起于本能冲动和情感在想象世界中的解放。最好的例子是哥德著《少年维特之烦恼》的经过。他少时爱过一个已经许人的女子，心里痛苦已极，想自杀以了一切。有一天他听到一位朋友失恋自杀的消息，想到这事和他自己的境遇相似，可以写成一部小说。他埋头两礼拜，写成《少年维特之烦恼》，把自己心中怨慕愁苦的情绪一齐倾泻到书里。书成了，他的烦恼便去了，自杀的念头也消了。从这实例看，文艺确有解放情感的功用，而解放情感对于心理健康也确有极大的裨益。我们通常说一个人情感要有所寄托，才不致枯燥烦闷，文艺是大家公认为寄托情感的最好的处所。所谓"情感有所寄托"，还是说它要有地方可以活动，可得解放。

其次是眼界的解放。宇宙生命时时刻刻在变动进展中，希腊哲人有"濯足急流，抽足再入，已非前水"的譬喻。所以在这种变动进展的过程中，每一时每一境都是个别的、新鲜的、有趣的。美感经验并无深文奥义，它只在人生世相中见出某一时某一境特别新鲜有趣而加以流连玩味，或者把它描写出来。这句话中"见"字最紧要。我们一般人对于本来在那里的新鲜有趣的东西不容易"见"着。这是什么缘故呢？不能"见"必有所蔽。我们通常把自己围在习惯所画成的狭小圈套里，让它把眼界"蔽"着，使我们对它以外的世界都视而不见，听而不闻。比如我们如果囿于饮食男女，饮食男女以外的事物就见不着；囿于奔走钻营，奔走钻营以外的事就见不着。有人向海边农夫称赞他的门前海景美，他很羞涩地指着屋后菜园说："海没有什么，屋后的一园菜倒还不差。"一园菜囿住了他，使他不能见到海景美。我们每个人都有所囿，有所蔽，许多东西都不能见，所见到的天地是非常狭小的、陈腐的、枯燥的。诗人和艺术家所以超过我们一般人者，就在情感比较真挚，感觉比较锐敏，观察比较深刻，想象比较丰富。我们"见"不着的，他们"见"得着，并且他们"见"得到就说得出，我们本来"见"不着的他们"见"着说出来了，就使我们也可以"见"着。像一位英国诗人所说的，他们"借他们的眼睛给我们看"。（They lend their eyes for us to see.）中国人爱好自然风景的趣味是陶、谢、王、韦诸诗人所传染的。在 Turner 和 Whistler 以前，英国人就没有注意到泰晤士河上有雾。Byron 以前，欧洲人很少赞美威尼斯。前一世纪的人崇拜自然，常咒骂城市生活和工商业文化，但是现代美国、俄国的文学家有时把城市生活和工商业文化写得也很有趣。人生的罪孽灾害通常只引起愤恨，悲剧却教我们于罪孽灾祸中见出伟大庄严；丑陋乖讹通常只引起嫌恶，喜剧却教我们在丑陋乖讹中见出新鲜的趣味。Rembrandt 画过一些疲惫残疾的老人以后，我们见出丑中也还有美。象征诗人出来以后，许多一纵即逝的情调使我们觉得精细微妙，特别值得留恋。文艺逐渐向前伸展，我们的眼界也逐渐放大，人生世相越显得丰富华丽。这种眼界的解放给我们不少的生命力量，我们觉得人生有意义，有价值，值得活下去。许多人嫌生活干燥，烦闷无聊，原因就在缺乏美感修养，见不着人生世相的新鲜有趣。这种人最容易堕落颓废，因为生命对于他们失去意义与价值。"哀莫大于心死"，所谓"心死"，就是对于人生世相失去解悟与留恋，就是不能以美感态度去观照事物。美感教育不是替有闲阶级增加一件奢侈，而是使人在丰富华丽的世界中随处吸收支持生命和推展生命的活力。朱子有一首诗说："半亩方塘一鉴开，天光云影共徘徊。问渠那得清如许？为有源头活水来。"这诗所写是一种修养的胜境。美感教育给我们的就是"源头活水"。

第三是自然限制的解放。这是德国唯心派哲学家康德、席勒、叔本华、尼采诸人所最着重的一点，现在我们用浅近语来说明它。自然世界是有限的，受因果律支配的，其中毫末细故都有它的必然性，因果线索命定它如此，它就丝毫移动不得。社会由历史铸就，人由遗传和环境造成。人的活动寸步离不开物质生存条件的支配，没有翅膀就不能飞，绝饮食就会饿死。由此类推，人在自然中是极不自由的。动植物和非生物一味顺从自然，接受它的限制，没有过分希冀，也就没有失望和痛苦。人却不同，他有心灵，有不可餍的欲望，对于无翅不飞、绝食饿死之类事实总觉有些歉然。人可以说是两重奴隶，第一服从自然的限制，其次要受自己的欲望驱使。以无穷欲望处有限自然，人便觉得处处不如意、不自由，烦闷苦恼都由此起。专就物质说，人在自然面前是很渺小的，他的力量抵不住自然的力量，无论你有如何大的成就，到头终不免一死，而且科学告诉我们，人类一切成就到最后都要和诸星球同归于毁灭。在自然圈套中求征服自然是不可能的，好比孙悟空跳来跳去，终跳不出如来佛的掌心。但是在精神方面，人可以跳开自然的圈套而征服自然，他可以在自然世界之外另在想象中造出较能合理慰情的世界，这就是艺术的创造。在艺术创造中，人可以把自然拿在手里来玩弄，剪裁它、锤炼它，重新给以生命与形式。每一部文艺杰作以至于每人在人生自然中所欣赏到的美妙境界都是这样创造出来的。美感活动是人在有限中所挣扎得来的无限，在奴属中所挣扎得来的自由。在服从自然限制而汲汲于饮食男女的寻求时，人是自然的奴隶；在超脱自然限制而创造欣赏艺术境界时，人是自然的主宰，换句话说，就是上帝。多受些美感教育，就是多学会如何从自然限制中解放出来，由奴隶变成上帝，充分地感觉人的尊严。

爱美是人类天性，凡是天性中所固有的，必须趁适当时机去培养，否则像花草不及时下种、及时培植一样，就会凋残萎谢。达尔文在自传里懊悔他一生专在科学上做功夫，没有把他年轻时对于诗和音乐的兴趣保持住，到老来他想用诗和音乐来调剂生活的枯燥，就抓不回年轻时那种兴趣，觉得从前所爱好的诗和音乐都索然无味。他自己说这是一部分天性的麻木。这是一个很好的前车之鉴。美育必须从年轻时就下手，年纪愈大，外务愈纷繁，习惯的牢笼愈坚固，感觉愈迟钝，心里愈复杂，艺术欣赏力也就愈薄弱。我时常想，无论学哪一科专门学问，干哪一行职业，每个人都应该会听音乐，不断地读文学作品，偶尔有欣赏图画、雕刻的机会。在西方社会中，这些美感活动是每个受教育者的日常生活中的重要节目。我们中国人除专习文学艺术者以外，一般人对于艺术都漠不关心。这是最可惋惜的事，它多少表示民族生命力的低降与精神的颓靡。从历史看，一个民族在最兴旺的时候，艺术成就必伟大，美育必发达。史诗悲剧时代的希腊、文艺复兴时代的意大利、莎士比亚时代的英国、哥德和悲多汶时代的德国都可以为证。我们中国人古代对于诗、乐、舞的嗜好也极普遍。《诗经》《礼记》《左传》诸书所记载的歌乐舞的盛况常使人觉得仿佛是置身近代欧洲社会。孔子处周衰之际，特置慨于诗亡乐坏，也是见到美育与民族兴衰的关系密切。现在我们要想复兴民族，必须恢复周以前歌乐舞的盛况，这就是说，必须提倡普及的美感教育。

（《谈修养》）

潘光旦（1899—1967），著名社会学家、民族学家，中国优生学奠基人。早年在北京清华学校留美预备班读书，1922年赴美留学，先在达茂大学学习生物，后入哥伦比亚大学研究院，1926年获硕士学位。回国后先后在上海、昆明和北京等地任大学教授，曾兼任清华大学及西南联大教务长、社会系主任及图书馆馆长等职。1957年被错划为右派，"文革"时被抄家、批斗。著有《优生学》《人文生物学论丛》《中国之家庭问题》等，译有《性心理学》等。

论品格教育

潘光旦

只有可以陶冶品格的教育才是真正完全的教育。这一层近来很少人了解，连教育家自己都不大理会。近顷《今日评论》第四卷第四期里陈友松先生的一篇《品格教育之最近趋势》，不能不算是空谷足音了。

品格的概念从品性的事实产生出来。人与人之间有比较相同的通性，有比较互异之个性。通性虽同，也有程度上的不齐，而个性之异，虽也不外程度上的差别，若就其极端者言之，则判然几乎有类别之分。凡此我们统称之为流品。流品原是生物界的一大事实，在研究有机演化的人看来，是第一个大事实。流品的从何而来，即变异现象的从何而来，至今还是一个久悬未决的问题。到了人类，流品的事实似乎不但没有减少，并且大有增益的趋势。平等主义的理想家在这方面的愿望与努力可以说是全不相干。距今三十年前，英国演化论与遗传学大家贝特孙（William Bateson）在澳洲的不列颠科学促进会演讲《生物事实与社会结构》一题，所反复申论的就是这一点。①

生物有流品，是有机演化的基本条件，人类有流品，是社会演化的最大的因缘。不过生物演化的过程中，物类各有维持其品种的特性的能力；社会演化的过程中，亦有维持其秩序与统一的需要。换言之，异中有同，变中有常，纷纭中有条理秩序，万流歧变中有典型规范，原是一种自然的趋势，到人类，尤其是文明社会，更不免有一番自觉的企求与努力。品性与流品的事实而外，我们从此就多了一个品格的概念。格就是典型、规范，就是标准，不达此标准的人，就是不及格的人。

这格式或标准是什么？这不是一个容易答复的问题。伦理学或人生哲学的存在，一大半是为答复这问题的。不过就经验与常识的立场说话，这答复应该是不太难的，标准的需要是从群居生活来的。群居生活何以要有个品性的标准？群居生活的第一个要求是和。要人人有何种品性，或最大多数的人有何种品性，才可以取得共同生活的和，便是问题的核心了。上文说过人与人之间有相同的通性，也有互异的个性；通性之同宜若可以帮和的忙，但不一定，因为利害冲突是最普遍的一个现象，而同行嫉妒或文人相轻一类的事实也是数见不鲜。至于个性之异，宜若是和的一大障碍，但也不一定，因为分工合作、贸迁

---

① 见《先秦政治思想史》。——原注。

有无一类的团体活动就拿它当最后的基础。

　　要通性之同来维持群居生活之和，我们的民族经验及先贤遗教曾经留下一个行为的标准来，就是讲絜矩之道的一个恕字。要个性之异推进群居生活之和，并且推进到一个更高的境界，我们也早就有一个标准，就是一个明字。要行明行恕，还有一个先决的条件，就是个人的能自知裁节。《左传》隐公三年说："明恕而行，要之以礼，虽无有质，谁能间之？"这是民族遗教里明恕并称的最好的例子，而要之以礼的"礼"是一种节文，所以帮助个人的内心的裁节的。人与人的关系，因明恕两标准的见诸实行，而能到达一个"无人能间"的程度，不能不说是和之至了。好比孔子答子张问，人我的关系要到一个"浸润之谮，肤受之愬，不行……"的境地，才配叫作明。人我关系到此，要求其不和，也是不可能的了。不过到了后世，明的标准似乎越来越晦，甚至于和恕的标准混作一事。后世社会秩序的维持，虽得力于恕字的不断地讲求，而此种秩序的未能进入一个更高的境界，说不定明字的中途暗晦要负很大的一部分责任。科举时代考场前面"明远楼"的一块匾额似乎始终只是一块匾额，一个口号。

　　不过这是一些旁出的话。好在明的标准虽晦，却并没有消灭；社会生活到今日，复杂的程度加深了，流品的变化加多了，分工与专业的需要也一天大似一天了，这明的标准似乎更有确立的必要。今日社会的病态，大之如种族间的猜忌，邦国间的倾轧，阶级间的斗争，信仰间的排挤；小之如人我间利害兴趣的各不相容，一半虽出于不恕，另一半却出于不明。所以当务之急，实莫过于把明恕的行为标准再有力地揭橥出来，尤其是明的标准。就我们的民族的遗教说，固然有此必要，在西洋也正复一样。基督教传统的教旨里所称的金律，同样地只顾到了恕字，而忽略了明字。

明恕是行为的标准，能实行明与恕的品性才是合乎标准的品性，也才是我们应有的品格。能明能恕的品性可以说是一切道德品性的总汇，至少是个纲领，孔子不承认恕是一言而可以终身行之者的么？

能明能恕的品格从何而来，这是我们要答复的第二个问题。一切品性的源泉不外两个，一是遗传，一是教育，行明行恕的品性当然不是例外。这种品性的先决条件是一个充分健全的体格，一个相当高度的智力，一个比较稳称的情绪，一个比较坚强的意志，一个比较丰富的想象的能力，等等。这些都自有其先天的根柢，如果根柢太薄弱，后天的教育是不能无中生有、化弱为强的；但若只有根柢，而不加以后天的培养，使它们充分地发展，当然也是徒然而极不经济的。如何从遗传方面来加强此种根柢，或繁育有此种根柢的人，不在本篇的范围以内，我们搁过不提。我们要讨论的是，如何就已有而现成的根柢加以培植启发，那就是品格的教育了。

假如心理学的研究对象是刺激与反应，教育的研究对象便是刺激与反应的有目的的控制。品格的教育也不能外是。在品格教育里，刺激的控制至少就我们以往的经验说，是比较地简单，就是于一般的教明教恕而外，供给实际的能明能恕的榜样。而所谓一般的教明教恕，其实也逃不了师道的能以明恕的行为先人。以善先人者谓之教，最有效的教育方法是所谓身教，一切教育如此，明恕的品格尤其是如此。这一点貌若简单，其实并不，至少近代教育在这方面的努力，倒反赶不上前代的努力，并且似乎根本上还不很了解。近代青年品格的似乎有退无进，以及一般道德生活的水准的低落，都不能不归咎到此种了解与努力的缺乏。

至于反应的控制，问题显然更复杂了。上文说过，通性虽同，而程度上亦大有不齐，同性各异，其极端者且判若两类。个体不同如此，而欲求反应的比较整齐划一，或虽不齐一，而浅深长短之间可以收相辅相成之效，事实上是不容易的。不过前代从事于品格教育的人至少有一个入手的方法，就是特别注意于意志的培养，让意志来统制理智、情绪、想象等其他方面的心理活动。这就回到上文所提的个人裁节的那个条件了。《大学》的诚意正心，《中庸》的明善诚身，孟子的收放心，以志帅气、善养浩然之气，其实全都是养志与自我裁节的功夫。到了阳明一派，甚至于连格物致知也成为这功夫的一部分。养志与自我裁节的功夫原应有消极与积极两方面，消极主收敛，主省约，其结果是律己紧一步；积极主扩充，主博大，其结果是待人松一步。孟子的以志帅气，是兼消极积极两面说的：所谓收其放心，显然是消极的，所谓善养浩然之气，可以说是积极的。不过消极的功夫易做，积极的功夫难成，所以历来儒家与理学家大抵收敛有余，扩充不足，不谈修养则已，谈则似乎始终在慎独、毋自欺、反求诸己上用力；其专讲明心见性的几于和禅定没有分别。这当然是消极之至了，消极之至就根本成为一种反社会的功夫。人我的关系到此是减少到了最低的限度，群居生活的和不和是谈不到的了。

不过当其不过于消极的时候，这种收敛的功夫是有很大的社会意义的。谦恭、谦让、一般的礼节、全部的制度，全都建筑在此种功夫之上。礼、节、制、度这一类字眼的本义原全都有收敛的意思，这些都是形于体外而见诸行为的。要形于体外见诸行为而不失诸虚伪造作，必须内心先有一番长久的修养功夫，所谓慎独、不自欺、反求诸己等便是这功夫的所在了。《易经》上"敬以直内，义以方外"的两句话，所指其实就是此种内外兼赅、表里相应的功夫。所谓道德的德字，是这种功夫的总称，所以德字训得是内得于己，外得于人，而内得于己是入手处，所以德字的原字是从直从心，和正心诚意的正心二字完全是一件事。凡用收敛功夫而能内得于己的人，只要不过其分，只要克己而能复礼，即克己而能归于适当的分寸，是不怕不能外得于人的。我们即从普通的物理说，所得的结论也复如此。两物之间，彼此收敛过分，结果是发生不了关系；但若伸张过甚，或流放过甚，结果是摩擦、排挤以至于冲突。最合理的安排是有事时接触，无事时彼此收敛几分，中间留些回旋的余地，也正所以为有事时接触地步①。明此道理与行此道理的人是内得

---

① "也正所以为有事时接触地步"，原文如此，下页"预留地步"有助理解。——编者注。

于己、外得于人的人，也是以独则足、以群则和的人。

讨论品格教育到此，我们就可以有一个初步的结论。一方面我们既有了明与恕的两个行为标准，一方面我们又有了一个训练意志、让个人知所节取的入手方法。目标有了，方法也有了，其他较细的节目我们可以不论。知明知恕是不容易的，能明能恕也许是更难，也许两者是一样的难易，也许照阳明学派的说法，两者根本是一回事。无论如何，意志与节取能力的训练是绝不可少的。一个人要了解别人同于我的通性，知人我之间随时随地可以发生名利物欲的冲突，而于智力情绪的运用施展上预留地步，是需要相当强大的意志力的。至于领会别人的个性、承认别人的见地、尊重别人的立场，所需要的自我制裁的功力，不用说是更为巨大。约言之，不论明恕，谁都先得做些制裁的功夫，做些虚一以静的功夫，这种功夫多少是带几分自我强制的性质的，而自我强制非运用坚强的意志不为功。孔子说过，"强恕而行，求仁莫近焉"，就是这个意思。我们不妨补充一句，恕要强，明也许更要强，须得强恕与强明并行，才真正可以几及仁字所指的道德的境界。

总之，品格教育是三部分合成的：一是通性与个性的辨识；二是明与恕两个标准的重申与确立；三是个人的修养，特别要注意到意志与制裁能力的培植。

这种品格教育是从中国原有的道德教育系统里抽绎出来的，不过作者认为它的价值并不因时代的变迁而有所贬损。实际上近代教育家不谈品格教育则已，谈则也免不了走上这条前人大致已经踏过的路，所能增益的不过是一些整齐与细密的程度罢了。中国文化向重经验，也自有其数千年的阅历来做考验的资料。一般的文化如此，教育尤其如此，一般的教育如此，品格的教育尤不能不如此，就因为品格教育特别着重身教，而身教不能不先拿体验做张本，侈谈理论是不生效的。

何以言近代的品格教育不免走上前人多少已经走过的经常之道？就上文所说三部分的第一部分说，通性的辨识是由来已久的。文化经过一度剧变，例如中古时代末造神本思想的文化转入人本思想的文化，或文明的领域一天比一天扩大，人对人类的认识由宗族的展开而为部落的，为邦国的，为世界的，此种通性的辨识也就跟着演变扩大。自心理学的昌明，通性的辨识更获得了科学的申说。至于流品与个性的辨识，情形也正复类似，中途虽曾再三因平等理想的流行而转趋暗晦，但事实最称雄辩。冥想终不敌常识，才性之悬殊竟有若跛鳖之与六骥足，是谁也瞒不过的。而近代心理学，尤其是才能心理学或气质学等派的努力，所已发挥光大的要远在平等理想论者所能遮掩讳饰的之上。总之，及今而言，通性与个性的辨识，实在要比前代容易得多。

至于第二部分，明恕两标准的重新确立，我们如必须说待时乘势的话，也并不是办不到。恕的标准原是中西道德哲学的共同出发点，早就有比较稳固的基础。至于明，虽亦曾因流品的讲求与否而时有显晦，到了近代，作者以为是再也暗晦不来的了。为什么？因为科学文化最不可磨灭的精神就是明的精神。

明就是客观。如果自然科学的发达是滥觞于人对物的客观的明辨之上，使前代的拟人论与人类中心论一类的思想无所再施其技，则社会科学，包括社会学与教育学在内，势必以人对人的客观的明辨做第一个先决的条件。明与恕都可说是客观论的一种，不过恕是相对的客观，因为人我相通的品性是可以"以己度"的，人我可以相比量，所以说相对；至于明，则是绝对的客观，那就和科学方法里的客观论毫无分别。有近代的科学精神倡导于先，明的标准是不难重新确立的。

最困难的还是第三部分，即个人的修省，特别是意志与裁节能力的培植。这是一个讲求集体生活的时代。以不能适应潮流为可耻的人，最低的限度也喜欢高谈社会化，甚或主张各式的社会主义，再甚则以极权主义为集体生活的最高方式。这种人是无须乎个人的修养的，更无须乎意志与裁节力的培植。在他们的品格观念里，服从是最高的美德，甚至于唯一的美德，能无我，能舍己从人，能以众人或代表众人的人的主张为主张，便是他们的修养，团体的意志或团体代表人的意志便是他们的意志。自卢骚以来，政治思想家侈言所谓一般意志。这一般的意志究属是不是一个事实，我们不知道，但个人意志的日就扫地以尽，修养培植的需要已一天少似一天，却是一大事实。这是困难一。

近代还有不少的人恪信个人主义。我们顾名思义，宜若个人主义可以讲求一些个人的修养和制裁能力的培植了。但事实也很不然。个人主义是建筑在权利与义务观念之上的，但这还是理论，若言事实，则不妨说它完全建筑在权利观念之上。从权利观念出发的人我关系，绳以上文的讨论，实在是很不健全的一种关系。这种关系，其所凭借即是分子间的彼此牵掣，相互克制，而不是每个人的自我克制，故其结果最多不过是群居生活的暂且的相安，而不是比较持久的协调。权利观念的不足以维系社会关系，国内的贤达早就有人讨论到过，例如梁启超先生①和罗文干先生。国外社会思想界也颇有人主张以社会效率的观念来替权利观念，那又不免和集体主义的见地很相接近了。总之，个人主义既从个人的权利观念出发，而又尊尚迹近放纵的自由，力主自我的表现等等，是极容易走上流放的一途，而和上文所讨论的收敛与裁节的精神根本相反。这是困难二。

其他零星的困难尚不一而足。例如十八世纪以来浪漫主义的思潮和它所引起的种种解放运动是和个人主义与自由主义沆瀣一气的。又如，即就心理学说的范围而论，至少福洛依特（Sigmund Freud）的精神分析一派也有欲力解放与自我解放的主张。在此派的批评家，例如霭理士（Havelock Ellis）虽承认相当的解放固属重要，适度的裁节与克制也属万不可少。不过这种持中之论②，总还是少数人的见地，未邀许多人的公认。再如，近代教育追随了这种种思潮与运动之后，自身对于这方面问题的严重，还没有充分的觉悟，自然也是困难之一，并且不

---

① 见《先秦政治思想史》。——原注。
② 见拙译《性心理学》第六章论贞节的一节。——原注。

只是一个零星的困难。目前的教育对于一般的个人修养，既所忽略，对于意志与制裁力的锻炼，更在所不论不议。西洋一部分的批评家认为近代学校教育的一大功能是教育有志力青年浸淫沉涵于知识欲中，使没世不能自拔。此虽不免言过其实，但学校教育的只能做知识的授受，而全不理会他方面心理生活的诱导，是我们久已知道的。

不过，困难虽多，困难所由产生的因缘虽多，品格教育的中断或未能断续演进，安知不是根本原因之一？困难既从不讲求品格教育而生，及其既经发生，讲求自更不免日见不易措手，则我们及今诚能排除万难，对此种教育做有力的推进，所有的困难与此种困难所引起的其他生活方面的问题，岂不是就可以迎刃而解？是的，从明恕的立场看，集体主义的思想是比较地恕而不明的，个人主义的思想则是比较地明而不恕的。换言之，个人主义容易忽略通性，而集体主义容易忽略个性，这一点在目前欧美的社会生活里很方便地可以找到证明，无烦多事申说。即就近代盛称的一个社会思想——各尽所能，各取所需——说，个人主义的可能成就侧重于各尽所能，集体主义则侧重于各取所需。各尽所能近乎明，各取所需近乎恕，名词虽有不同，而所指的实在是同类的人伦关系。至于浪漫主义一类的思潮与其引起的种种文化问题，在一个健全的品格教育之下也是无从发生；即或发生，也可以不至于趋于淫滥，而成为感伤主义、堕落主义等等的末流，也是不待赘言的。

归结上文，明与恕是品格教育的两大标准。明与恕都要我们待人放宽一步，不过在待人能放宽一步之前，先得律己收紧一步。放宽与收紧都是一种分寸与裁节的功夫，必须有擅自裁节的个人于先，斯能有和谐与协调的社会于后。这原是中国礼教文化的中心精神，也是我们品格教育应有的鹄的。目前流行的各种思潮里，集体主义失诸不明，个人主义失诸不恕，而浪漫主义失诸不知裁制。我们实施品格教育以后，目前世界的文化潮流也才有澄清的希望。

（《自由之路》）

蒋梦麟（1886—1964），中国近现代著名教育家。1908 年赴美留学。1912 年从加州大学毕业，到哥伦比亚大学继续研修教育，1917 年获博士学位后回国。1919 年主编《新教育》月刊，同年任北京大学教育系教授兼总务长。1927 年任国民政府教育部长。1930 年任北京大学校长。1938 年任西南联大校务委员会常委。1941 年兼任红十字会中国总会会长。著有《西潮》《孟邻文存》《新潮》等。

杜威之道德教育

蒋梦麟

杜威把他的人生哲学为本，讲道德教育。他说学校对于社会的责任，好像工厂对于社会的责任。譬如一家织布厂制造布匹，要先考察社会之需要；知道社会的需要后，照这样需要去造各种样儿的布，布厂不能造社会不需要的布，至于什么样造法是最经济，要布厂里人自己设法讲求。学校教学生，亦要先考察社会的需要，知道了这个需要，然后教他们。至于什么教法是最经济最有功效，要学校里的人自己设法研究。

察社会的需求，就是社会方面的人生哲学，是实质的。研究什么教法是最经济、最有功效，就是心理方面的人生哲学，是方法的。

杜威最不信道德是可以和他课分离教授的，他说："'道德'一个名称，不是指着人生的一个特别区域，也不是特别一段生活。"照他的眼光看来，各种功课都有道德的价值，都是道德教育。（不能设那什么叫作道德一科，在纸上谈兵。）他举了几个例：

手工——教授，不是专教手工，也不是但增进知识，教了得当，能养群性的习惯，是很有社会的价值的。（杜威把道德和生活联合在一块儿，照他的意思，讲道德离不了社会，讲社会的幸福就是讲道德。他说社会的价值就是道德的意思。）从康德至今，大家都知道艺术的利益，是要社会公共受享，不是个人所可私的。养成群性的习惯，就是道德教育。

地理——是能使学生知道物质和人群很有关系。如两种民族，如何为物质环境所分离，以及河流道路如何能使各民族交通。湖、山、河、平原种种，表面看来是物质的，究竟的意义实在是人群的。我们大家知道，这是和人类发达和交通很有关系的。

历史——的道德价值，是讲明社会的来历，使学生对于社会种种形态、动作，都知道意义。社会如何发达，如何衰落，都可从历史上讲明白。

其余如文字为社会思想交通的利器，算术为比较社会各种事业好歹的利器。只要教师有眼光，哪一课不是道德教育呢？

杜威又十分反对学校中教授没有理由的遗传道德。他说："格言 Moral Rules（遗传道德）往往成一种和人生没有关系的东西，变成一种律令，要人顺从它。这样就把道德的中心移出人生的外边。凡重文字、轻精神，重命令、轻自动的道德，好像用外面的压力把个人里面活泼泼的精神压住了。"他又说："命令式的遗传道德，不过是一种过去社会的习惯，是为过去的经济和政治的景况所造成的。"

杜威的意思，以为现今社会的罪恶，并不是因为个人不知道德的意义，也不是因为个人不知道德上的普通名词（如诚实、耐苦、贞操等），其实在原因，是在个人不知社会的意义。因为现今社会是十分复杂，若非受正当教育的人，哪里知道人生的真意，使他的动作、行为都合社会的要求呢？多数的人，或被遗传道德压倒，或为一时感情所牺牲，或为一阶级的人所欺骗，哪里有机会识社会的真相？

杜威脑中想着道德两字，就想着社会的生活——现今社会的生活，不是古代社会的生活——道德的程序，就是人生的程序，道德的观念，就是人生的观念。人生以外无道德，社会以外无道德。他的道德范围甚广，不是在遗传道德圈子里弄把戏的。

杜威说："我们对于道德教育的观念实在太狭，太重形式，太像病理学。我们把道德教育，和一种道德上的特别名称紧紧抱住，和个人他种行为分离，至于个人自己的观念和自动力，竟全然没有关系。这种道德教育，不过养成一种无能力、无用处的'好人'罢了。能负道德责任的和能干事的人，不是这样教育法可养成的，这样教授法都是皮毛的，于养成品性全没有关系……"

什么样才算是真道德教育呢？照杜威的意思，有三件事：

①社会知识，②社会能力，③社会兴趣。社会知识（social intelligence）是使个人知道社会种种行动、种种组织的意义。社会能力（social power）是使个人知道群力之趋向及势力。社会兴趣（social interests）是使个人对于社会事业有种种兴趣。学校中对于三件事有什么原料呢？①使学校生活成一种社会生活，把学校造成一个社会的小模型。②学与行的方法。③课程。学校生活，是代表一种社会共同生活的精神。学校训练、管理、秩序等，要和这精神相合，要养成自动的习惯，创造的精神，服务的意志。课程一方面要使儿童对于世界生自觉心，他们既生在这世界，和这世界有密切关系，要使他们知道世界事业的一部分他们要担负的。这样的办法，道德的正当意义就得了。

以上讲的一番话，是社会方面的人生哲学，这是实质（What）。对于这个见解不差了，我们就可以讲心理方面的人生哲学，这就是方法（How）。社会的价值一句话，对于儿童不过是一种抽象的意思。若不把这抽象的变作具体的，他们小孩子便不能懂。做到这道德的地步，究竟是儿童自己的事，所以我们就要从儿童个人身上着想。要使他们个人的生活代表社会生活的一部分。

心理一方面的人生哲学是用什么法儿推行呢？杜威说道：

第一步就是观察儿童个人。我们知道，凡是儿童都有一种萌芽的能力——本能和冲动（instincts and impulses）——我们要知道这种本能究竟做什么，有什么意思。讲到这件事，我们就要研究这种本能有什么结果和功用，怎么可使它变为有组织的动作利器。我们讲起这粗浅的儿童本能，就要记得社会生活。讲到那社会生活，我们就可以知道这种本能的意义和陶冶的方法。到了这儿，我们再要回到个人身上，找出来用什么方法把儿童自动的本能达到社会生活的目的，又用什么方法是最经济的、最容易的、最有效力的。我们所应做的事，就是把个人活动和社会生活连接起来。这只有儿童自己做得到，教员实在不能越俎代谋。即使教员能勉强做到，亦没有什么人生哲学上的价值。教员所能做的，不过把环境改良，使儿童受了环境的影响自己动作起来。（如儿童没有团结力，教员不能把他们勉强团结起来，只能改良环境，使他们自己团结起来。开运动会、游艺会、展览会等，就是改良环境的方法。）道德的生活，是要儿童个人知道自己动作的意义，动作的时候又要有精神上的兴趣。对于动作的结果，是自己用力得来的。到底我们逃不了用心理学的方法研究个人的心理，找出一个法儿来，使儿童勃发的天能和社会的习惯智慧相适应。

照杜威的见解，这心理学的研究是有几个道理：

（一）第一件要知道，凡儿童的行为（conduct），基本上是从他们固有的本能和冲动（instincts and impulses）上发出来的。知道这个本能和冲动是什么东西；在什么时候，有什么本能动作发现，我们才能利用它，使成为有用的。不是这样办法，各种道德教育都是机械的、外铄的，和个人内部没有感动的。若我们以为儿童天然的动作就有道德的意义，便放纵了他，这就坏了。我们太娇养儿童了。这种天然动作是要利用的，或是要引导到有益的地方去。这是教育的原料，是给我们用它来造成一种有用的人。

（二）人生哲学要从心理方面看，因为儿童自身是教育唯一的器具。各种功课，如历史、地理、算术等，若非从儿童个人经验上着想，都是空虚的。

总而言之，照杜威的意思，我们讲道德教育，是发展儿童的品性或人格（character）罢了。然而讲起这"品性"一个名词，大家就弄不清楚，所以杜威把它说明白。

杜威说品性是指儿童内部动作的程序，是动的，不是静的；是心的原动力，不是行为的结果。照这看来，发展品性一句话，有几件事情要讲明白的。

（甲）能力（force）（行为的能力）。我们讲道德的书，都注重存好心（intention）一句话。谁知道我们要讲道德，不是存了好心便罢，我们还要有能力把这好心推行到实际上。若有了心，没有力，便成一个被动的"好人"，有什么用处呢？所以我们要养成一种人，使他有肩膀担负责任，不怕难，不怕苦，自动非被动，敢言又敢行。这才算一个有道德的人。这种能力，我们就叫它品性的原动力（force of character）。

（乙）但有能力，还是不足。能力不善利用，就会变成危险的东西。有大能力的人，有时会把人家的权利摧残。所以有了力，还要把它引到一条正路里去，使它成有用的力。这种能力方才可宝贵。

照这看来，智力（intellectual）和感情（emotional）是要并重的。智力是具一种有判断力的常识，看事能明白，知轻重大小，遇事能措置得当。抽象的是非，空悬的好意，是不能成这种判断力的。要个人从实际上磨炼，方才能到这地步。

（丙）徒有智力，还是不足。我们知道很有判断力的人，还是不做事情。这是因为没有一种活泼泼抑不住的一种感情在里边发出来。（孟子说恻隐之心，仁之端也，又说扩而充之足以保四海，都是讲这道德感情之作用。）所以我们要讲感情一方面，我们可知有判断力，有忍耐力，不畏难的人，固然也能做好事情，但我们把"铁面"与"婆心"两种人相比较，觉得"婆心"的人是和蔼温柔的，是慈悲的，"铁面"的人是形式的，是照格式做的。要养成和蔼温柔的品性，是要把感情注重。

学校中应该是什么样做法，才能养成有能力、有判断力、有感情的品性呢？

杜威有几句话，请列位听：

（A）第一件，品性的能力是不能用抑制（inhibition）法养成的，我们不能从消极的抑制里边找出积极的自动来。有时因为要将各种能力聚在一块儿，使专心致志做一件事，我们不得不防止他的能力在他方面乱用。但这是引导不是抑制，这是贮藏不是塞住。好像园中一池水，我们要做灌花之用，便不能让它东西乱流。这贮藏的时候，便有许多真正的抑制力在里面，不必另外再用抑制方法。倘若有人说抑制力在道德上是比较引导力为要紧，这好像说死是比生为贵，消极比积极为贵，牺牲比服务为贵了。有道德教育价值的抑制力，是包括在引导力里边。

（B）第二件，我们要问学校里的功课，从心理上看来，是否为养成判断力所必需的。识得比较的价值，就是判断力。故欲养成这种能力，必须使儿童具有一种选择和判别的能力。徒然读书听讲，不能办到。学判断力的好方法，就是要儿童时时下判断，任选择，还要自己来判断，自己来选择。判断选择之后，自己去做，使他知道他自己行为的结果，或成或败。有了结果，才能下判断。

（C）第三件，慈悲心或与人表同情的心，必须养成的。要养成这种感情，须要留心美的环境，使儿童受一种感美的影响。若校中功课是形式的，学生又没有社交生活团体集合的机会，感情的生机就会饿死，或从不规则的一方面去发泄，更把它弄坏了。有时学校以实用为名，使学生但习读、写、算三者（three R's）和其他干燥的功课，把他的耳掩住，不闻好文学，不听好音乐；把他的眼遮住，不见好建筑、好雕刻、好图画。这样办法，我们就没有把儿童的感情养好的机会，他的品性就缺这一部分重大的要素。

八年四月
（《过渡时代之思想与教育》）

徐志摩（1897—1931），现代诗人、散文家，新月派代表诗人。早年先后就读于上海沪江大学、天津北洋大学和北京大学。1918年和1921年先后赴美国、英国留学。1922年回国。1923年参与发起成立新月社，加入文学研究会。1924年与胡适、陈西滢等创办《现代诗评》周刊。印度大诗人泰戈尔访华时任翻译。1926年与闻一多、朱湘等人开展新诗格律化运动。1931年因飞机失事遇难。其代表作品为《再别康桥》《翡冷翠的一夜》。

再谈管孩子

徐志摩

你做小孩时候快活不？我，不快活。至少我在回忆中想不起来。你满意你现在的情况不？你觉不觉得有地方习惯成了自然，明知是做自己习惯的奴隶，却又没法摆脱这束缚，没法回复原来的自由？不但是实际生活上，思想、意志、性情也一样有受习惯拘执的可能。习惯都是养成的；我们很少想到我们这时候觉着的浑身的镣铐大半是小时候就套上的——记着一岁到六岁是品格与习惯的养成的最重要时期。我小时候的受业师袁花查桐荪先生，因为他出世时父母怕孩子遭凉没有给洗澡，他就带了这不洗澡习惯到棺材里去——从生到死五十几年，一次都没有洗过身体！他也不刷牙，不洗头，很少擦脸，脏得叫人听了都腻心不是？我们很少想到我们品格上、性情上乃至思想上的不洁多半是原因于小时候做父母的姑息与颟顸。中国人口头上常讲率真，实际上我们是假到自己都不觉得。讲信义，你一天在社会上不说一两句谎话能过日子吗？讲廉讲洁，有比我们更贪更龌龊的民族没有？讲气节——这更不容说了！

这是实际情形，不容掩讳的。我们用不着归咎这样，归咎那样，说来很简单，只是一个教育问题；可不是上学以后，而是上学以前的教育问题。品格教育，不是知识教育。我们不敢说合理的养育就可以消灭所有的败类，但我们确信（借近代科学研究的光）环境与有意识的训练在十次里至少有八九次可以变化气质，养成品格。什么事，只要基础打好，就有办法：屋漏了容易修，墙坏了可以补，基础不坚实时可麻烦。管好你的孩子，帮他开好方向，以后他就会自己寻路走。

但是你说谁家父母不想管好他们的孩子？原是的。但我们要问问仔细，一般父母心目中的"好孩子"究竟是不是好孩子。究竟他们的管法是不是我在上篇里说过：①替孩子本身的利益；②替全社会着想。我的观察是老派父母养育的观念整个儿是不对的。他们的意思是爱，他们的实效是害。我敢断定，现代大多数的父母是对他们的子女负罪的。养花是多简单的一件事，但有的花不能多晒，有的不能多浇水，还有土性的关系，一不小心，花就种死，或是开得寒碜，辜负了它的种性。管孩子至少比养花更难些。很多的孩子是晒太多、浇太勤给闹坏的。这几乎完全是一个科学问题，感情的地位如其有，很是有限，单靠爱是不够的，单凭成法也是不够的。养花得识花性，什么花怎么养法；管孩子得明白孩子性质，什么孩子怎么管法——每朝每晚都得用心看着，差不得一点。打起了底子，以后就好办。

这话听得太平常了，谁不知道不是？让我们来看看实际情形。我们不讲无知识阶级的父母，实际乡下人的管孩子倒是合理得多，他们比较地"接近自然"。最可痛的是所谓有知识阶级乃至于"知识阶级"的育儿情形。别笑话做母亲的在人前拖出奶来喂孩子，这是应得奖励的。有钱人家有了孩子就交给奶妈，谁耐烦抱孩子，高兴的时候要过来逗逗亲亲叫几声乖，一下就喊奶妈抱了去，多心烦！结果我们中上等人家的孩子运定是老妈乃至丫头们的玩物！有好多孩子身上闻着老妈的臭味，脸上看出老妈的傻相！

单看我们孩子的衣着先就可笑。浑身全给裹得紧紧，胳、胫、腿也不叫露在外面，怕着凉。怕着凉，不错，可是裤子是开裆的。孩子一往下蹲，屁股就往外露，肚子也就连带通风——这倒不怕着凉了！孩子是不能常洗澡的，洗澡又容易着凉，我们家乡地方终年不洗澡的孩子并不出奇。我不知道我自己小时候平均每年洗几回澡。冬天不用说，因为屋子不生火，当然不洗；夏天有时不得不洗，但只浅浅的一只小脚桶，水又是滚烫（不滚容易着凉！），结果孩子们也就不爱洗。我记得孩子时候顶怕两件事：一件是剃头；一件是洗澡。"今天我总得'捉牢'他来剃头"，"今天我总得'捉牢'他来洗澡"，我妈总是这么说；他们可不对我讲一个人一定得洗澡的理由，他们也不想法把洗的方法给弄适意些。这影响深极了，我到这老大年纪，每回洗澡虽不至厌恶，总不见得热心，看作一种必要的麻烦，不是愉快的练习。泅水也没有学会，猜想也是从小对洗身没有感情的缘故。我的孩子更可笑了。跟我一样，他也不热心洗澡。有一次我在家里（他是祖母管大的），好容易拉了他一起洗，他倒也没有什么；明天再洗，成绩很好，再来几次就可以引起他的兴趣的希望。可是他第二天碰巧有了发热，家里人对他说："你看，都是你爸爸不好，硬拖你洗，又着凉了，下回再不要听他的！"他们说这话也许一半是好玩，但孩子可是认了真，下回他再也不跟爸爸洗澡了！

　　像这类的情形真是举不胜举。但单纯关于身体的习惯，比较还容易改，最坏是一般父母心目中的"好孩子"观念。再没有比父母更专制的；他们命令，他们强制，他们骂，他们打；他们却从不对孩子讲理——好像孩子比他们自己欠聪明懂不得理似的！他们用种种的方法教孩子学大人样——简单说，愈不像孩子的孩子，在他们看是愈好的孩子。孩子得听话，不许闹——中国父母顶得意的是他们的孩子听人家吩咐，规规矩矩地叫人，绝对机械性地叫人——"伯伯""妈妈"。我有时看孩子们哭丧着脸听话叫人的时候，真觉得难受！所以叫人是孩子聪明、乖的唯一标准。因为要强制孩子听大人话（孩子最不愿意听大人话！），大人们有时就得用种种谎骗恫吓的方法。多少在成人后作伪与怯懦的品性是"别哭，老虎来了""别嚷，老太太来了""不许吃，吃了要长疮的"一类话给养成的！孩子一定得胆小怕事，这又是中国父母的得意文章。"我们的阿大真不好，胆子大极了"，或是"你们的宝宝多好，他一个人走路都不敢的"。我记得我小的时候，家里人常拿鬼来吓我，结果我胆小极了，从来不敢一个人进屋子或是单身睡一个床——说来太可笑，你们不信，我到结亲以前还是常常同妈妈睡一床的！这怕黑暗怕鬼的影响到如今还有痕迹。我那时候实在胆子并不小，什么事有机会都想试试，后来他们发明了一个特别的恐吓，骗我是我不是我妈生的，是"网船"（即渔船）上抱来的，每天头上包着蓝布走进天井来问要虾不要的那个渔婆就是我的亲娘。每回我闹凶了，胆子"太大了"，他们就说："再闹叫你网船上的娘来抱回去！"那灵极了，一说我就瘪，再也不敢强了。这也是极坏的影响。我的孩子因为在老家里生长，他们还是如法炮制。每回我一回家，就奖励他走路上山，甚至爬石头，他也是顶喜欢的。有一次我带他在山上住，天天爬山，乐得很。隔一天他回家了，碰巧有点发热，家里人又有了机会来破坏爸爸的威信了："你看都是你爸，领你到山上去乱跑，着了凉发热，下回再不要听他了！"当然他再也不听信爸爸了！

　　但是孩子们的习惯，赶早想法转移，也是很容易的事。就我的孩子说，因为生长在老式家庭里的缘故，所有已经将次养成的习惯多半是我们认为不对的，我们认为应训练的习惯却一点不顾着。这由于：①"好孩子"观念的错误；②拘执成法。再没有比我的父母再爱孙儿的，他病了，我母亲整天整晚地抱着，有几次在夏天发热，简直是一个火炉，晚上我母亲同他睡，在冬天常常通宵握住他的冷脚给窝暖。但爱是一件事，得法不得法又是一件事。这回好了，他自己的妈（张幼仪女士，不久来京，想专办蒙养教育）从德国研究蒙养教育毕业回来了。孩子一归她管，不到两个月工夫，整个儿变化了，至少在看得见的习惯上。他本来晚上上床早上起身没有定时的，现在十点钟一定睡，早上也一定时候起。听说每晚到了十点钟他自己觉得大人不理他了，他就看一看钟，站起来说，明天会，自己去睡了。本来他晚上睡不但不换睡衣，有时天凉连棉袄都穿了睡的，现在自己每晚穿衣换衣，早上穿衣起身再也不叫旁人帮忙。本来最不愿意念书写字，现在到了一定时候，就会自动写字念书；本来走一点路就叫肚疼或腿酸的，现在长路散步成了习惯。洗澡什么当然也看作当然了。最好的是他现在也学会了认真刷牙（他在德国死的弟弟两岁起就自己刷牙了），舀水满脸洗，洗过用干布擦，一点也不含糊了！在知识上也一样地有进步。原先在他念书写字因为上面含有强迫性质看作一种苦恼，现在得了相当的引诱与指导，自动的兴趣也慢慢地来了。这种地方虽则小，却未始不是想认真做父母的一个启示。不要怪你们孩子性情不好，或是愁他们身子不好，实际只要你们肯费一点心思，花一点工夫，认清了孩子本能的倾向，治水似的耐心地去疏导它，原来不好的地方很容易变好，性情、身体都可以立刻见效的。"性相近，习相远"，这话是真理。我们或许有一天可以进一步相信"人之初，性本善"呐！没有工作比创造的工作更愉快、更伟大的。做父母的都有一个创作的机会，把你们的孩子养成一个健康、活泼、灵敏、慈爱的成人，替社会造一个有用的人才，替自然完成一个有意识的工作，同时也增你们自己的光，添你们的欢喜——这机会还不够大吗？看看现代的成人，为什么都是这懒，这脏（尤其在品格与思想上），这蠢，这丑，这破烂；看看现代的青年，为什么这弱，这忌心重，这多愁多悲哀！这种种的不健康——多半是做爹娘的当初不曾尽他们应尽的责任，一半是愚暗，一半是懒怠，结果对不起社会，对不起孩子们自身，自己也没有好处，这真是何苦来！

现在卢梭①先生给了我们一部关于养成品格问题极光亮的书，综合近代理论与实施所得的有价值的研究与结论。明白的父母们看了可以更增育儿的兴味，在寻求知识中的父母们看了，更有莫大的利益。相信我，这部书是一个不灭的亮灯，谁家能利用的，就不愁再遭黑暗的悲惨了！但我说了这半天，本题还是没有讲到，时候已经不早，只好再等下回了。

---

① 卢梭，今译罗素。——编者注。

黄炎培（1878—1965），号楚南，字任之。中国近代职业教育创始人。1901 年入南洋公学，1905 年参加同盟会，1915 年先后到美国、日本、菲律宾、南洋各地考察。1917 年赴英国考察，同年在上海发起中华职业教育社，次年创建中华职业学校。1931 年"九一八"事变后，创办期刊《救国通讯》。1941 年，与张澜等人发起组织中国民主同盟，一度出任主席。1945 年又与胡厥文等人发起成立中国民主建国会。新中国成立后，历任中央人民政府委员、政务院副总理兼轻工业部部长、全国人大常委会副委员长、全国政协副主席、中国民主建国会中央委员会委员等职。1965 年 12 月 21 日病逝于北京。

怎样教我中学时期的儿女

————黄炎培

我有十二个儿女，殇了三个，现存五男四女，有在教书的，有在办事的，有在管家的，有就学国内外大学的，余下两女一男都在中学。这一大群儿女，不论过去或现在，都曾经过中学。我感觉到最难处置，就是中学这个关头。到了大学，人生观渐渐确定了。中学正在交叉路口，欲东便东，欲西便西，出入很大。我于中等学校，普通的、分科的，皆曾创设过，服务过，前后关系达三十多年。对这个关头特别注意，且深信其值得特别注意。很愿把我对于儿女在中学时期怎样教法，和他们对这样教法感觉怎样，公开地向中学一般男女青年报告。

吾在没有认识职业教育的重要以前，却早注意到一点，就是修学必先确定服务方针，将来做什么，现在学什么。三十年前有一从弟自幼发现他有机械天才，入中学时，即令他实习机械，到底成为机械专家。我的儿辈，除了考入清华大学，他们没有设分科中学，只得在大学每年暑假期，看他们才性，给他们练习机会，有的银行，有的铁路，有的教书，其余都在初中时早就帮助他们决定大方针，升入分科高中，年满毕业，就他们所学给他们服务机会，一二年后再令入国内外大学求深造。这一个过程，这一种方式，我很确实地认为重要，而他们自己亦很深信为有效。我为这些，不知当众演说过多少次，文章写过多少篇，苦苦劝告大众：①初中三个学年的使命，就在让别人认定他的，或自己认清自己的天性和天才，来决定一生修学就业的大方针；②即使预备升大学，在高中时亦宜依照所定方针入分科修习；③如果中学修了，即拟就业，不再升学，更宜入分科高中。可惜一般人还不能完全了解，以致走错路头的还不少，我所深深地认为歉然的。

上述一点，要算我对中学儿女最注意所在。有一个儿子，少年最喜欢读子书、佛经，便指导他研究哲学。还有一个在孩童时期喜欢玩积木，构成各种建筑，便时常带他从远处、高处看上海市景，诱发他对于工业的兴趣，指导他研究工科。大概这一点我绝不敢放松的。我有一个侄儿，现在被公认为音乐专家了。但是他自小在家庭于音乐并无接触，故并无特殊表现。幸亏进了清华，得到尝试机会，他自己发觉非常兴趣，才获走上适合他天才的途径。如果得不到尝试机会，眼睁睁地便把天才埋没掉。我想青年中自己没有发觉他的天才，和没有机会表现他天才的，正不知多多少少哩！此外我对于各门功课，仅切嘱他们特别熟习三门，就是国文、外国文和算学。算学训练头脑，使之清澈、正确、精密，影响于思想很大；文字学科，实吸收各种知识的唯一门径，都值得重视。至于各专科，自有专门教师指导，自己既发生兴趣，自会精心钻求的。体育，却也是我所特别鼓励的一端。

我常常严厉督促他们写日记，用钱必督促他们记账。大概他们的日记，是我负责检阅的。用款检查，是他们母亲负责的。他们的母亲对于检查用款非常精明，绝对不给他们多量的钱，因此，一般儿女们对于银钱的眼孔特别小。在中学时代，身边有一整个的银圆，便快活得了不得。他们的母亲，对于整洁，对于节俭，每次归家不断地训话，积极地勉励，消极地责罚，旁人听惯了，真所谓"耳熟能详"。但对于帮助更清苦的同学，从来不加阻止，有时还多量资助他，养成他们待人慷慨的心肠。但交友的好坏却为我夫妇所共同注意。归家必责令服务。迄今儿女大半成年了，他们回想儿时母训，还时时拿来做家庭谈话的资料。

在任何场合，绝对不许他们说谎话。这小小一点，从幼时就用极大气力注意的。这点，幼时用力养成了习惯，到中学时期便不致成问题，但仍值得注意。家庭中，我和他们的母亲都不惜用扑责的。我用扑责时较少，但他们对我多畏惧。这一点长儿方刚尝和我辩论，以为若是没有这一点不更好么？我以为从幼年到青年至少在某时期、某场合，实需要这多少有所畏惧的心理，使精神上有所约束，影响到他们行为上，使有所不敢为。同时做父母的十分检束自己的行为，凡不许儿女做的，父母不做，且禁止家庭中任何人做，具体的如赌博，如吸纸烟——乃至亲友到我家里，恕不敬烟——苟为权力所及，总不让这些在我家庭里发现出来。此等处我诚然多少对不起亲友，实在是我为了这一群儿女呀！到底我们家庭里并没有因此感觉枯寂，吾们很热闹，很快乐，很和霭，家人相处，情感浓厚到极度。踹稳了脚跟做人，拿很好的心肠待人，大家力争上游，一个个携着手向着共同的大道上走。成年以后，父子间更如亲密的朋友一般。我和方刚是一个很好的谈谈学问的朋友。那年住大连，三儿万里教我英文，讲文法讲得真清澈。大概他们学成以后，一部分知识上都合做我的先生。

年龄较大的几个儿女，他们都曾在学校里稍稍听讲过经书。他们自以为很受用，但年幼的便没有这机会了。他们联合要求我讲经书，就在今天写这篇文章以前，才对他们讲罢了三章《论语》，就是：①"子曰：学而时习之，不亦乐乎！有朋自远方来，不亦乐乎！人不知而不愠，不亦君子乎！"②"曾子曰：吾日三省吾身。为人谋而不忠乎？与朋友交而不信乎？传不习乎？"③"子曰：弟子，入则孝，出则弟，谨而信，泛爱众而亲仁，行有余力，则以学文。"我把做功课的方法、交朋友的方法，引用实际材料来证明，而特别提出"泛爱众而亲仁"一句，认为人生一切行为的基本，彻上彻下地讲了一番。古书今讲，是最有趣的。讲毕，在座十几人，从十一岁到三十多岁，十之六七都在中学，问他们听得有兴，愿下星期继续的举手，全体举手。

　我很觑缕地很坦白地说出来，给中学男女青年做个参考，还给研究中学教育的先生们做一些研究资料。

　　　　　　　　　　　　　　　　　　廿五年九月十三日

附录一

论教育之宗旨[*]

王国维[**]

教育之宗旨何在？在使人为完全之人物而已。何谓完全之人物？谓人之能力无不发达且调和是也。人之能力分为内外二者：一曰身体之能力，一曰精神之能力。发达其身体而萎缩其精神，或发达其精神而罢敝其身体，皆非所谓完全者也。完全之人物，精神与身体必不可不为调和之发达。而精神之中又分为三部：知力、感情及意志是也。对此三者而有真美善之理想："真"者知力之理想，"美"者感情之理想，"善"者意志之理想也。完全之人物不可不备真美善之三德，欲达此理想，于是教育之事起。教育之事亦分为三部：智育、德育（即意育）、美

---

[*] 此为佚文，刊于 1903 年 8 月《教育世界》56 号。

[**] 王国维（1877—1927），浙江海宁人。中国近现代相交时期享有国际盛誉的著名学者。7 岁起接受塾师的启蒙教育，并在父亲王乃誉的指导下博览群书。1892 年入州学，参加海宁州岁试，以第 21 名中秀才。与陈守谦、叶宜春、诸嘉猷一起，被誉为"海宁四才子"。1899 年赴上海就读农学社及东文学社。1900 年赴日本东京物理学校学习。1901 年赴武昌农学校任译授。1922 年任北京大学研究所国学门通讯导师。1925 年任清华大学国学研究院导师。1927 年于颐和园昆明湖鱼藻轩自沉。代表作为《人间词》与《人间词话》。

育（即情育）是也。如佛教之一派，及希腊罗马之斯多噶派，抑压人之感情而使其能力专发达于意志之方面；又如近世斯宾塞尔之专重智育，虽非不切中一时之利弊，皆非完全之教育也。完全之教育，不可不备此三者，今试言其大略。

（一）智育。人苟欲为完全之人物，不可无内界及外界之知识，而知识之程度之广狭，应时地不同。古代之知识至近代而觉其不足，闭关自守时之知识至万国交通时而觉其不足。故居今之世者，不可无今世之知识。知识又分为理论与实际二种。溯其发达之次序，则实际之知识常先于理论之知识，然理论之知识发达后，又为实际之知识之根本也。一科学如数学、物理学、化学、博物学等，皆所谓理论之知识。至应用物理、化学于农工学，应用生理学于医学，应用数学于测绘等，谓之实际之知识。理论之知识乃人人天性上所要求者，实际之知识则所以供社会之要求，而维持一生之生活。故知识之教育，实必不可缺者也。

（二）德育。然有知识而无道德，则无以得一生之福祉，而保社会之安宁，未得为完全之人物也。夫人之生也，为动作也，非为知识也。古今中外之哲人无不以道德为重于知识者，故古今中外之教育无不以道德为中心点。盖人人至高之要求，在于福祉，而道德与福祉实有不可离之关系。爱人者人恒爱之，敬人者人恒敬之；不爱敬人者反是。如影之随形，响之随声，其效不可得而诬也。《书》云："惠迪吉，从逆凶。"希腊古贤所唱福德合一论，固无古今中外之公理也。而道德之本原又由内界出而非外铄我者。张皇而发挥之，此又教育之任也。

（三）美育。德育与智育之必要，人人知之，至于美育有不得不一言者。盖人心之动，无不束缚于一己之利害；独美之为物，使人忘一己之利害而入高尚纯洁之域，此最纯粹之快乐也。孔子言志，独与曾点；又谓"兴于诗""成于乐"。希腊古代之以音乐为普通学之一科，及近世希痕林、希尔列尔等之重美育学，实非偶然也。要之，美育者一面使人之感情发达，以达完美之域；一面又为德育与智育之手段，此又教育者所不可不留意也。

然人心之知情意三者，非各自独立，而互相交错者。如人为一事时，知其当为者"知"也，欲为之者"意"也，而当其为之前（后）又有苦乐之"情"伴之：此三者不可分离而论之也。故教育之时，亦不能加以区别。有一科而兼德育智育者，有一科而兼美育德育者，又有一科而兼此三者。三者并行而得渐达真善美之理想，又加以身体之训练，斯得为完全之人物，而教育之能事毕矣。

$$教育之宗旨\begin{cases}体育\\心育\begin{cases}知育\\德育\\美育\end{cases}\end{cases}完全之人物$$

附录二

述近世教育思想与哲学之关系[*]

王国维[**]

古来学者多欲就自然、人类及社会等疑问而解决之，如：人所以为人之价值存于何点乎？人何为而生斯世乎？心与物体之关系如何乎？人何由而得认识外界乎？又真伪之判决于何求之乎？凡此之类皆是也。而由此等疑问，遂生所以教人之目的、方法之疑问。此乃势所必至，谓后者之解决，专待诸前者之解决可也。

然吾人之于自然于人类，其未能明了者尚复不少。往往有一代所信为正确者，至他时代，复以为虚伪而舍之。殊如理想上之问题，乃随吾人之进步而变迁无穷者，决不能见最后之决

* 此为佚文，刊于 1906 年 7 月《教育世界》128、129 号。

** 王国维（1877—1927），浙江海宁人。中国近现代相交时期享有国际盛誉的著名学者。7 岁起接受塾师的启蒙教育，并在父亲王乃誉的指导下博览群书。1892 年入州学，参加海宁州岁试，以第 21 名中秀才。与陈守谦、叶宜春、诸嘉猷一起，被誉为"海宁四才子"。1899 年赴上海就读农学社及东文学社。1900 年赴日本东京物理学校学习。1901 年赴武昌农学校任译授。1922 年任北京大学研究所国学门通讯导师。1925 年任清华大学国学研究院导师。1927 年于颐和园昆明湖鱼藻轩自沉。代表作为《人间词》与《人间词话》。

定。此哲学上之研究所以终无穷期，而教育思想之所以不能固定也。人或以无确实不动之教育说，引为慨叹。虽然，亦奚足慨叹哉！教育不能离历史的条件，人类之发展促教育之进步，而教育之进步又助人类之发展。二者循环相俟，而无限发达。此理之固然耳。以下约略述之，以见近世教育变迁之次第，无不本于哲学的思想之影响者。

在近代之教育界，其初虽以模仿古人言文，为教授上最要之练习，然尚实主义起而反对之，一以实事实物之知识为贵，遂于十七八世纪之教育界大擅势力。此倾向之起源，固由于时势之变化，然柏庚之经验主义，实亦大与有力也。柏庚对眩惑上古文学之徒，以现在三字警告之，大声疾呼曰：汝勿盲信传来之说，而躬就自然研究之。向来之科学，不使自然发言，特以任意构成之观念加诸自然界，而由之以成虚伪之思想。不观于旧来之论理乎？其推测式由命题而成，其命题由言词而成，而言词则概念之符牒也。然若此根据之概念，出自任意构成，而并不正确，则筑于此基础上者，何以保其坚实乎？故吾人一线之希望，在真正之归纳法。唯由此法，而后可得正当之概念耳。此法由感觉的知觉，由具体物，而抽出定理，且由渐近完全之进步而达于最普遍之域。向来就自然界之思考，不过预定云耳。然以事实为基础，而成立于正确之次序之结论，则可视为自然界之说明焉。是故无根据而预定之之虚伪的概念，必一扫而空之，使吾人之悟性得全脱其束缚。柏庚又谓虚伪的概念之所由生，有四端焉：一、欲以己之感觉为准，己之性质为基，而考察事物之一般倾向。二、由气质、教育、习惯等而出之个人特性。三、人于日常交际，以言词表事物，后则竟忘原物，而唯保持其符号。四、传来之种种独断说，犹存于哲学系统及虚伪的论理故也。反而言之，则构成正当概念之道非他，心常止于物之本身，而受纳其形象，如在其真。且也，不依赖教授，而尽舍得自传授之意见，一以无垢无邪之心，考察世界是已。居今之日，物质界、天体界既扩张无量矣，而于知识界，犹限于古代之狭区域，人类之辱也。故必以立于观察及实行上之经验，为研究之唯一方法。又曰：人为自然之从属者，又为其说明者，其所能知、所能行，限于能由观察与思索以知之者耳。人之知识技能决不能超越之。夫知识者，力也。原因之不能认知者，则不能见结果。自然者，唯由顺从而后得征服之耳。要之，尚实重理之倾向，独立的研究及多方的知识之要求，于柏庚著作中往往见之。在教育界，直接受柏庚之影响者，廓美纽司也。廓氏虽有强固之宗教的倾向，然以为人性非腐败，而具有知德及信仰之种子者，欲发展之，俾得登天国。此其准备，可求之于现在世。氏以为教人之法，首在观察自然界，而从其化育万物之法则。如曰：自然以春季为动植生育之时期，故一生之教授始于幼，一日之教授始于晨。自然先实而后形，故教授亦体之，必先认识而后记忆。自然以普遍为基础，而后进于特殊，故必定学术之一般的基础，而后移于特殊之教授。自然必有次序，故教授亦不可躐等而进。自然必有根柢，故教授不当求知识于书籍，而当求之于实物云云是也。

实学之倾向，于十七世纪之教育界，其势力既渐强，于是持宗教主义者，不但不能防止之，又自服从之。观于佛兰楷之学校，多授实科，以练习实用的技能，及其后信念派之创立实科学校，可以证也。但此种新倾向，非仅受柏庚一人之影响，亦由物理、天文、地理上之新研究，促人生观、世界观之变化，有以致之。其在法国，则拉普烈既谓教授者以得自实地观察之知识为必要，又如孟德尼、夏尔伦，亦力斥注入知识徒劳记忆之教授法。故教育及教授界，既机轴一新，特经柏庚、廓美纽司之鼓吹，而其势力更隆盛尔。至于重理贵法之倾向，所由发达，则吾人不得不归之特嘉尔德。

法国学术界之怀疑的精神，于孟德尼、夏尔伦既表现之，至特嘉尔德而尤著。孟德尼以为一切科学，有不能利于人生行为者，宜排斥之。吾人非为科学而学科学也，为欲完理性、正思想而利用之也。脑之善锻炼者，优于脑之充满者远矣。夏尔伦亦谓科学之与知能，不但相异，且不相容。富于智者无学，长于学者无智。人之价值，不在记忆丰富、知识赅博也。知自己，从自然，能保持一身之自由，而于道德上发现真正之满足，有此智能，则价值存焉矣。导儿童者宜善诱其好奇心，常活动其耳目作用，以为培养心力之用。且勿仅由依赖之情及敬慕之意，不择何事而盲信之。必凭一己之理性，以探究一切事物，而自选择之。不能选择，则以使之怀疑为得。要之，谓疑惑宁优于盲信是也。特嘉尔德之说，与是略同，谓向之所信者，宜尽疑之，且凡为疑之对象者，宜尽除之。曰：感觉屡欺人，故吾人不得信赖之；即理性，吾人亦不能以无条件而信用之也。何则？难保其不陷谬误也。醒觉时之思考与梦寐中之思考，其区别果何在？以前者为正确，其理由究何在乎？从氏之说，则使向之所信为确定者，悉退而立于不确定之地位。然特氏又谓此不确定者之中，却有一确实不可动者，即怀疑益深，则此怀疑之我之存在益不得不确实。疑也者，不外思考之一形式，故可曰："我以思考故而存在也。"是吾人以简单之直觉，于疑问自身所得之真理也。我虽疑一切，然其思考之不止，明甚；思考若止，则纵令其他一切存在而我之存在与否，未可信矣。故当知吾人之本体，在思考之上。自我确实，则为一切认识之根据。吾人所明确认知，恰如我身之存在之事，斯可谓之为真耳。氏从此根本思想，而于方法论中，谓知觉理解之力，人皆同等，其所以区别之原因，则由养成之法不同。又谓人各有自由思考之权利，人之所信者即其所自决者，故学习上最宜重个人之自由。至方法上之规定有四：一曰，明确之法则。即明确认知者外，不可采以为真是也。二曰，分解之法则。即处置难事时，剖大为小，逐次分之，至分无可分而已是也。三曰，总合之法则。即从由简渐繁之次序，以导思考之绪是也。四曰，包括之检查。即广而计之，期于确无遗漏是也。由是观之，特氏于排盲信而贵自思之一点，与柏庚同，又于重实事实物之知识，亦略与柏氏近。唯特氏不置重实质的知识之自身，则与柏庚迥异。氏盖以实质的知识，为增进心力之手段，以使人能达于自求真理之域，为其主要之目的。教育论者之置重形式的陶冶即此义也。

卜尔罗怀尔之学风及教育，明由特嘉尔德之思想而出。此派一反蔼瑞脱派教会偏重古语之弊，而本由既知及未知之原则，取普通经验上之事实为题，先以国语讲谈之，以国文记述之，而后使之学拉丁语，期养成其恰当之判断力。又其使之学古语也，其旨归不在偏于形式，而专以模仿为事，特欲从古学者之例，善能发表其正确之判断与适切之思想而已。如弗理约利、斐奈伦、罗尔兰之徒，皆从特嘉尔德之思想者。弗理约利曰：在文艺复兴时代，有委其一身以学习希腊拉丁语，至仅为言语故而泛览一切学子之书者，斯诚可谓奇人矣。若辈以为欲利用古学者，在谙诵古人文字，如其所言而言之，实是误甚。古之人择适切彼等之事实，而以正确愉快之方法，善表之于言语。吾人亦当择适切吾人之事实，如古人之法，而以吾人之言语叙述之。此即善学古人者也。弗理约利此言，实足表示新人文主义之根本思想。故特嘉尔德之思想不但助成近世之实学的合理的倾向，即谓人文主义亦由是而得改造之根据可也。

方法之过重，此新教育家之一般倾向也。拉德楷即谓各种言语，当以同一之方法处理之，廓美纽司亦谓一切科学及言语，当以同一之方法教授之，至欲编定教科书，使教者奉为定范。今谓此倾向之增进，亦承特嘉尔德之思想而来，非臆说也。至是，论者竟以为不问教师优劣，但同用一书籍、同一方法，即可同获成效。如贝斯达禄奇，谓良善之教法，唯一而已，简易其教法，则凡为母者皆可以教其子云云，即此义也。要之，轻视教师之人格技能与生徒之个性，而循严密之方法而进，则不问养成何等生徒，皆可如愿以偿。此合理主义之教育家所均谓然也。

以感觉为高尚之心的发展之基础，更说实地的观察、感觉的经验之必要，且稍加以功利思想者，洛克也。洛克否认天赋的观念之存在，以一切知识为获得者。虽人人所一致认定者，然非自始而存于精神。又即矛盾法、相同法等为论理上之根本定理，然人非自始而有之。观于儿童及无意识者之绝无意识，可以知也。个人及国民间，其道德心、宗教心不相一致，然则有何理由，可信为先天的存在者乎？要之，人心之初，如一幅洁白之纸，其有观念及其思考之材料，唯由对外界事物及内界活动之观察而得之。故人知之根源非他，一则感觉，一则内省。由是以得单独之观念，及其合之也，而后全体思考及知识系统乃以成立。此与结合字母而组织为言语无以异也。洛克本此思想，而述教育上之注意，曰：满足儿童之求知心，此最必要。人唯有此心故，而后能知世界。故吾人对幼者之发问，宜本亲切之情，与以正确之答。又必语以他人求知之法，以刺激之。又曰：凡学习，不宜以之为课业，而宜以为名誉、娱乐、休养上之事，俾为对他活动之赏励。如此，则儿童欲自进而受教矣。游戏之际，以使之多学自然为善，如刻字母于骰，俾幼儿弄之，则自然记忆字母，兼知拼法是也。至见读书力之发生，则与以简易而有味之书籍，又务择其有插画者。物之观念，由实物或其写象而得之，非由言词而得之也。洛克于言语教授，谓宜以国语为先，至外国语，则宜先法语而后拉丁语。又谓言语教授上，须注意其内容之价值，既养其言语之能力，兼畀以科学之知识。如就无益之知识技能，而徒劳记忆者，不可也。是故彼谓图画一事，当由实用的见地而练习之。又以诗歌音乐为无用，曰：诗歌与放荡同行，苟不欲其儿放荡者，决不可使之为诗人。若夫欲就音乐而得普通之技能，则不独多耗实力，又其练习之上，有导儿童于恶社会之危险。要之，吾人之生活也甚短，事物之获得也甚难，而吾人之精神又非能永劳无间者，故不可不节其时与力，以向最有益之事物，而于最捷最易之道，以求得之也。

卢骚之教育思想，其由洛克而出，明甚。彼于《爱弥耳》中，首重实物之知识，以先学其符号为不可，曰：必使于十二岁前，不知书籍为何物，而唯就自然之书籍读之。夫然，故卢氏亦重感觉之练习，曰：一切能力，其发生最早且成育最先者，感觉也。故不可及早完成之。仅练习儿童之活力者，未为足也。宜利用各感觉，使由一感觉而得之印象，更由他感觉以试验之，测算之，比较之。吾人认识之广延，关于观念之数，其悟性之正确，则以观念之纯粹且明了也。比较观念之技能，称之曰理性。感觉的理性，乃由种种感觉之相合，而构成简单的观念者。而真正之理性，则由许多之简单的观念构成复合观念者。欲后者之发达，则不可不先求前者之进步。又曰：儿童自其身之四周，而得感觉的印象。须育成之，俾至于为观念。然由感觉的事物，突然而移于悟性的事项，则不可。知力最初之活动，在感觉指导之下，故舍世界外无书籍，舍事实外无教授也。儿童不可仅习言语，其知某事之为何事者，非由汝以之语彼，而彼之自了解之也。不可使彼学习科学，而宜使彼发现之。若汝不与彼以根据，但使之由威权而生信仰，则彼既不能自思，终为他人思想之玩弄物而已。洛克、卢骚之思想，经泛爱派之手，而感动于德国教育界。至由此思想，而有何种倾向之发生，以下试陈述之。

感觉主义也（以感觉经验为重），合理主义也（以自由之思考、独立之判断为重），自然主义也（排斥人工的方法，循自然之进路），此三者，至十八世纪，令德意志之精神界为之大动，而"晋学时代"或"启蒙时代"之名生焉。伏尔夫，其最初之代表者也。伏氏以自然之法则有神圣之起源，且由吾人之理性而始得发现，始得理会者也。凡事实中，有难构成明了的概念者，勿就而论之。苟无证明，则何事亦不可信。唯有永远的一般的价值者，乃有纯粹、真实、健全之质。其他一切，皆无价值而不必要也。彼又谓宗教之为宗教，必于理性上无矛盾点，不问何时何处，皆可认为真实；又不问何人，皆得而信仰之者。彼以理性为知识及生活一切范围之最高判决者，又最高主宰者云。此种思想，在当时之宗教界大招非议。各大学于伏氏哲学，皆痛斥之，旋逐伏氏出普国境。及弗礼特力大王即位，始召还，仍为大学教授。于是启蒙的倾向之胜利，乃由之确实矣。

启蒙时代之第一特点，在力戒盲信盲从，而务于一切范围内，以求赅括一般之理论。其于教育界也，则有芝拉普氏，著

《教育学试成》，以期一般的教育理论之成立。彼谓独立之考察
及良心之自由，最有势力。若不待证明，而遽采传来之意见与
信仰判断者，则偏见以生，而心镜为之晦矣。泛爱派之教育盖
皆由此思想而出也。又启蒙时代之第二特点，在个人主义，即
对寺院、社会、国家之制限及区别，而维持个人之权利；以国
家诸制度，为束缚个人者。是故启蒙时代，自然倾于世界主义，
又由个人的倾向之关系，遂生自己保存及自己幸福之希望。曰：
世界之存，为吾人之生存与幸福故，凡足助利益之增进者，即
其为道义者也。是故泛爱派之教育家，专以增进生徒之最大幸
福为教育之目的，排斥严酷之教法，而专以友爱之情接近生徒，
务令为学于愉快之中。又于卫生体育上注意周密。为欲应实地
生活之必要也，则置重近世语，教授实科，使练习实用的技能，
以拓利用厚生之道焉。至置重感觉经验之意见，于启蒙时代亦
甚著。如泛爱派，即主张自然的教法者，谓宜从儿童自然发育
之次序，以排列教材，由易及难，由近及远，且须预立一定之
方案云。至于缺感觉之基础之概念，超出经验之世界之理想，
为美术之本体之理想界，则彼等轻视之。以为人之天性，皆能
发展，而其发展之也，以善于培养故。教授学术者，须足以扩
充其识见，丰富其记忆力，锐敏其判断力；若仅刺激其想象力，
则危险矣。巴瑟德于其学校之宗教科，唯统括诸宗派一致之点
而用之，名以自然的宗教。又谓构造的童话优于事实的谈话，
而对诗歌、文学、美术则淡然视之。当时之倾向如何，从可
知已。

　　泛爱派之意见，其接触于卢骚之思想者甚多。巴瑟德于其初步教科书既多引《爱弥耳》之说矣，但竟谓泛爱派全自卢骚思想之结果而生，亦不可。班罗希论两者之关系曰：由卢骚之《爱弥耳》，而使十八世纪之德国教育界生伟大之事业，但人谓此书之价值，在其发表之理论。予谓不然。彼之理论，不足使永续的教育系统因之成立，于法国然，于德国亦然也。唯其时独断的宗教，既经德国哲学者加以激烈而巧妙之攻击，且于精神界，经伏尔夫、莱马克一辈之手，而宗教的宽容思想，既有所准备于前，此书适乘其后而出，所以大有价值也。要之，《爱弥耳》真正之效果，在以既存在既有力之见解，移向教育方面之一点耳，故仅仅如此，未足促实地教育上之改良也。欲从合理的思想，而一反当代之所为，别立教育组织，必有富于计划之人，始能为功。其人必有胆力，敢辩护其改革的理论；有伎俩，能使君相士庶皆赞成其新奇之企图；又有确信，能实行其思想，而不至中途挫折。如巴瑟德，即其人也。

　　一时大擅势力之实学的合理的倾向，至十八世纪末，复渐减其势力，即于哲学界，于美术界，亦对之而生反动焉。向视为认识的能力之理性，今则加以限制，从理法而出之造作，今则加以轻视，而谓内部之有机的发展，自有可贵重者在。盖合理主义，专于有用无用之程度计事物之价值。其所常致问者，曰：此于增进幸福之上，果有几何效力是也。彼等于国家、权利、科学、技术、哲学、宗教等，皆由此标准考察之。然新思想则异是，彼以事物自身之有价值者为最高者，而不置利益于目中。因以为吾人之价值，非以其知其能故，亦非以其为人类之行为，而实际有所作为故，唯以其存在故耳。申言之，即以人之自身，本有目的，故贵重之也。而使人于其自身，所以得有价值者，一以为在于道德，一以为在于人类的天性之发展。前者于汪德之严肃道德主义发表之，后者于新人文派之思想显示之。

汪德以为人常进步而不已，今日开化之人类，其在太古时代，生活与动物同。一切心的能力，今视为人类所固有者，实则经时渐获者耳。而如此发展，即吾人自身活动之结果，非出诸神秘也。人既有动物的禀性，兼有天赋的理性。由其发动，而人类价值之存在，始表现焉。氏又以为人之完成无限，故其发展无终局，个人自身，虽不得遂完全之发展，然于人类的种族或于社会的团体，得进于改善之道。但人类进步之度已高，而个人之初生也，犹存粗野之状态，故人类有待于教育之力也。

以汪德为一教育论者观之，则彼力主教育势力之大，曰：生物中有以教育为必要者，唯人而已。人唯由教育而始得为人。故教育之事，宜时时谋其改善，必使时代各有进步，以谋人类之完成。又曰：教育之背后，有完全人性之秘密。设能由教育之助，使人性常善发展，至有适于人类之形式，则愉快为何如哉！望人类的种族之未来幸福者，以是为其笾钥矣。汪德既于一方面，最重个人意志之自发的活动；又于他方面，含有今日所谓社会的教育之思想，以为教育之目的有四：一在调和人之动物性，以抑制其自然的粗野之倾向；二在增进其才能，俾有足赴一切目的之能力；三在培养其智识，俾能应时处世，而为自己之目的，使用他人；四使知人为道德的，由是而达其最高之目的。最后一端，则汗德所最注重者也。从彼之伦理说，则道德云者，非由利益、幸福等客观的标准，而当求之于意志之自身，曰：有能应种种目的之才能，未为已也，又必有选择善目的之意志。而所谓目的之善者，即既为各人所承认，又可为各人之目的者是也。

汗德于其哲学，由二方面以观人类，于其教育也亦同，即：一，以人为现象，为从自然之法则者；二，以其具一定能力，即实地的理性，而以之为睿智的，为立于自然法则之上，而离脱自然的强迫者。人之预定理想，为实现其理想而活动，此当视为实地的理性之活动。人于此点，盖全在自由之状态者也。故氏之论教育之理也，区为"自然的教育"与"实地的教育"二面。于前者中，以人为从自然之法则者；于后者中，则以之为自由之本体。而氏于自然的教育一面，所述养护及训练上之注意，实采卢骚及泛爱派之思想。彼就心的能力中，以悟性、判断性、理性为最高尚者，而感觉、记忆、想象等能力则为此高尚性之发展之补助。又以为吾人之心，一面为受动的本体，一面为自动的本体。而即以此哲学的心理的意见，适用于其教授论之上，曰：外物虽生种种感应，然附以整理之条件者，心之自动力为之也。其条件，乃心之先天的所有者，而种种表现由悟性而联关之之形式，亦吾人之先天的所有也。汗德由此思考，故唯承认教授之形式的价值，而以苏格拉底之教授法为最适当，曰：汝勿徒授知识，而当用意于所以开发之术。

汗德之视理性也，一以为理论的能力，一以为实地的能力。前者虽限于现象界，而后者则向他世界而决定人之意志行动。官能的人类，由愉快或不快之情，而导之于动物的冲动与偏性等，因而倾于利己，使己与他生物不能相容。如斯状态，与本为理性的本体之人类之运命，至相冲突。故人于意志行动，必有一必然的且具普遍的价值之要素，以保持人类之一致。要素何？实地的理性是也。此理性，与官能的冲动反对，由无上之命令，使人排自爱及幸福之动机，而纯然欲善。故吾人之意志，不由经验的事物决之，乃超越自然界之法则，而脱离其制限者也。如是思想，虽使道德益进于尊严，然欲由是解决德育问题，则不免甚难。谓为道德之基础之意志，有超绝的自由之性，而不从经验之法则，不受外界之影响者，则品性果如何陶冶乎？所谓教育势力，能使道德的性格以次发展云云，不几成无意义之言乎？汗德屡以德育为至难解决之一问题，又谓人之改善，以其心情之突然变动，而生更新之状态故。由是观之，汗德实自觉其哲学的心理的思想之结果之困难者也。然氏于他方面亦深信德育之可能，以为道德的陶冶，当使之从道德的规范而行。不从道德的规范而出之习惯，经年渐失。然道德的规范，足以规定其心性。若吾人之行为，从其所信为正当者而进，则是既有坚确之品性者也。故教育者，于教授道德的规范，最宜致力焉。

汗德谓当时之教育说，仅与人以实地上之忠告为大不可，

欲变机械的教育术为一科学，而以学术的研究之。故纵令彼之
所论与其哲学思想往往不免冲突，然于其心理的伦理的根据，
则固能保持勿失也。况当汗德哲学风靡一世之秋，诸家之欲本
其思想以组织教育学者，一时辈出。如尼爱摩尔、休怀尔兹其
最著者也。即至现代，而新汗德派尚不唯于哲学界、伦理界见
之，于教育界亦见之焉。

由合理的实利的倾向之反动，更进而见诗的倾向之勃兴。
此倾向一以自由为主，置自然于法则以上，谓世界有不可以理
解之者，且于其不可解之点，有真可贵重者在。如威凯尔曼、
兰馨以为美术非从法则而造作者，乃由内部而生育者，天才者
出，自能以正确之步伐，发现正道。如海尔台尔，就自由之人
类的性质，说其尊严与美。又如格代谓诗的造作非由勤劳而得，
亦非由理法而立。凡此皆是也。此时之人，于论国民的生活，
亦谓为大国民者，非生活于勤劳及理法之中，美术之于人，虽
无直接的必要，然实其生活上所必不可缺者也。此倾向与启蒙
时代之关系，巴尔善论之最详。

巴尔善曰：启蒙时代，与海尔台尔、格代时代有根本的区
别，称前者为机械的，则可称后者为有机的。在启蒙的精神，
以合理的且机械的思考之，而其起源，则在数学的物理学。由
格里辽、霍布士、特嘉尔德、斯披洛若而发之新萌芽，经洛克、
拉依白尼志、伏尔夫而发展，遂至见启蒙的精神之成立。以为
人若视世界为建筑家之工作，则是先由神明，案出实在，次则
由其全能之意志，而使之成立者也。彼于历史的世界，亦以合

理的机械的说明之，谓言语、宗教、法律、国家，皆由悟性而案出者、造作者，即美术的制作，亦不外就目的及方面之合理的研究而已。而是时实地教授之状况，亦颇适应其理论。大学及高等学校有教授官，教人以作诗、建筑、绘画之法，举示其有用之材料及方便，且使生徒等自为技术的练习焉。然至于次时代，则于一切范围皆舍此工作的思想而不顾矣。海尔台尔、格代与罗曼的克及推究哲学，皆谓从目的之制作，非真知实在之法式。彼为造作之原之自然及人心，有非工作家之计量之考察之且实行之者所得而比拟焉。曰"有机的成立及生育"，曰"内部的开发"，此即所以观人类的历史界及神明之世界之法式。想象上真正之务作，非以人力为之者，由天才而受胎、而产出者也，若夫以工作的考察之、成就之者，则小细工之类耳……因判定事物价值上之变化，而理论上美术上之思想亦随之而变焉。至新时期，既不由必要上评量物之价值，谓作业不过为某目的之方便故，不足以决定人之价值。其决之者，吾人闲暇时之自由游戏也。此与雅里大德勒重闲暇之作业，命意相同。此时之人，于哲学、诗歌、技术、宗教，皆以使人心力自由活动之一点，视为心的生活之最高内容，即自身本有价值之内容，而谓此内容不能由利益以计之，亦不因之而生何等利益，故附加一属性焉，即谓最高者之本体，乃无用者是也……此时代，以为人类心的天性之十分发展，自有绝对的价值。吾人本体之完的构成，于其美之精神认见之，而由质素之自然的风气，与智情意之最高尚最自由之陶冶，两相结合，而始得之者也。

如是思想，尝于希腊时代一表现之。从希腊国民之人生观，则自由之人，非目的之方便也，非职业之奴隶也，不可为仪式及规约所束缚，亦不可为信仰之形式与修学之强迫所制限也。以我为自由之我，与世俗对立，而以存在内部之完全形象印于其生活及本体之上，是即真可谓为人者也。此等人物，可于希腊伟人中求之，政治家之培里格烈斯、诗人之琐福克烈斯、哲学家之柏拉图，是皆受最高之陶冶，而有自然的圆满性之人物也。由斯以观，则人道之陶冶，实即以希腊为模范焉耳。

此新思想，由兰馨、海尔台尔、格代、希尔列尔、芬博德之徒而鼓吹于时，于是"人道教育"一语遂为教育之理想矣。古语、诗歌、哲学、历史、地理遂为一重要之学科矣。彼等谓上古世界（就中如希腊）实立人类心的发育之基础，而于其精确完熟之嗜好，及使用言语之最美技能，足为永久之模范。故吾人之考察上及言语方法上，须仿此模范而构成之。于是视古代书籍为美学之真源，为永久之纪念矣。启蒙时代，以人为合理的生物，唯以时地之关系，而偶然相隔相分者。然新人文主义则反之，以一国民为一特殊之有机的本体，于其一切活动，可认见固有生活法之贯通，如言语、宗教、诗歌、风俗习惯及人生观，俱有国民之特别倾向。故直以他国民之生活移植于本国者，有害。故其所置重者，不徒在模仿古人。如霍禄邱士之歌而歌，如基开禄之言而言，不足以为名誉也。应现代之时势，从国民之思想，而以今世言语记述其事，使见之者以为基开禄辈复生。亦必如此，斯真足贵重矣！是故在此时代，其教上古文学技术也，欲发扬人道，而使人得人之理想也。其教历史也，为明人类开化之迹，使人知敬爱其所当敬爱者，与憎恶其所当憎恶者而已也。其教地理也，亦然，欲示地球与其国民之教化及风俗习惯，互有关系故也。

　　新人文派之思想，对彼启蒙的实利的之人生观，实为一有力之反动，而二者之争执，迄于今日，犹未已也。至人文的倾向之直接的效果，不逮及于中等以下之教育者，是以其性质为贵重之学科，故在所不免。当时之格母拿吉姆及大学，虽既从新倾向而决定教育之方针，然于普通国民之教育及教授上，犹未显见变化者，良有以也。然其后人道教育之精神，亦既以渐推广，不仅擅势力于社会之一隅。故于普通教育上，已有本是为理想者，如贝斯达禄奇，即是从此倾向而谋实地教育之改良者也。

　　以上所述，不过教育思想与哲学之关系之一端。至最近世，因哲学思想之发达，而其关系益复杂，有未易殚述者矣。